LA HERENCIA DEL BEBÉ

MCKENNA JAMES

Traducido por
JORGE RICARDO FELSEN

COPYRIGHT © 2020 La Herencia Del Bebé por Mckenna James Todos los derechos reservados. Excepto según lo permitido por la Ley de Derechos de Autor de los Estados Unidos de 1976, ninguna parte de esta publicación puede reproducirse, distribuirse o transmitirse de ninguna forma ni por ningún medio, ni almacenarse en una base de datos o sistema de recuperación, sin el permiso previo del autor. El escaneo, la carga y la distribución de este libro a través de Internet o por otros medios sin el permiso del editor es ilegal y punible por ley. Compre solo ediciones electrónicas autorizadas y no participe ni fomente la piratería electrónica de materiales con derechos de autor. Este libro es un trabajo de ficción.

Los nombres, personajes, establecimientos u organizaciones, y los incidentes son producto de la imaginación del autor o se usan de manera ficticia para dar un sentido de autenticidad. Cualquier parecido con personas reales, vivas o muertas, eventos o locales es una coincidencia. La herencia del bebé está destinada a mayores de 18 años y solo para audiencias maduras.

1

VALENTINA

—¿Rechazada?

—Sí, señora. Lo intenté dos veces. ¿Tiene otra...?

La voz del asistente se apaga mientras lo fulmino con la mirada. Ignoro el bufido apenas audible que se escapa de los labios de mi amiga Penélope. Ella está parada directamente detrás de mí, sin duda porque no quiere perderse el momento de presenciar el rechazo de mi tarjeta. Debe pensar que todos sus regalos de navidad han llegado improvisadamente al spa de día. De hecho, me sorprende que se esté controlando a sí misma tan bien siendo como es ella.

—Claro, dame un segundo—, murmuro, hurgando en mi bolso.

Le lanzo una tarjeta de diamantes y lo despacho, asegurándome de que sepa lo molesta que estoy con todo esto. Él no me devuelve la mirada mientras murmura un agradecimiento, antes de salir de mi vista. Respirando hondo, sonrío como si no me importara, antes de volver a mirar a mis amigos.

—Lo siento—, le digo con un suspiro perezoso.

—Estoy segura de que es solo una confusión con el

banco— Me apacigua Holly, apartándose el pelo largo y oscuro de los ojos.

Sonrío cuando ella se acerca y me da un apretón tranquilizador en la mano. Estoy segura de que tiene razón, porque sé con certeza que hay mucho efectivo en la primera tarjeta, no se llama tarjeta infinita por nada.

—Seguro—. Penélope también me sonríe, pero a diferencia de Holly, no hay nada comprensivo o genuino en su sonrisa. —Aunque no puedo decir que alguna vez me haya pasado algo como esto—, dice con un fuerte acento sureño, sus labios entreabiertos en una amplia sonrisa. —¿Quizás los bancos están un poco más atentos a sus clientes más notables?

Abro la boca para devolver una respuesta, pero estoy distraída al ver al asistente caminando. Incluso antes de que hable, sé que no es bueno. Busco otra tarjeta en mi bolso en preparación a lo que va a decir, aunque solo sea para evitar la vergüenza de tener que mirarlo cuando me diga que la segunda tarjeta también fue rechazada.

—Lo siento

—Aquí tiene—, ladro, cortándolo mientras empujo otra tarjeta en su mano. —Prueba esa

Estoy haciendo todo lo posible para no mostrarlo, pero realmente estoy empezando a entrar en pánico.

Claro, un rechazo puede explicarse como una confusión en el banco, pero ¿dos bancos diferentes tienen problemas al mismo tiempo? No es probable. Aun así, me aferro a la esperanza de que sea algo tonto, porque pensar en la alternativa es demasiado horrible.

—¿Puedo pagar con la mía si eso ayuda?— dice Holly, dando un paso adelante. —Sabes lo mucho que odio cuando tratas de cubrirme de todos modos.

Miro hacia otro lado, porque la lástima en sus ojos es

aún peor que la expresión de emoción en los de Pen. Así debe ser como se siente cada vez que trato de pagar por ella, ya que es la única en nuestro grupo que no es de una familia adinerada. Antes de hoy, nunca había pensado mucho en cómo eso podría afectarla.

—Está bien. Pagaré—. Pen lanza un suspiro exagerado, antes de dar un paso adelante para ir al rescate y entregarle su tarjeta al asistente. El gran problema es que al hacer esto me hace aún menos feliz que dejar que me cubra, pero no tengo otra opción. —Espero que no la rechacen—, dice entre risas mientras me mira. —Simplemente moriría de vergüenza.

Deja de ser una desgraciada y solo paga la maldita factura.

Trago mis palabras, porque me niego a darle la reacción que sé que quiere. En cambio, retrocedo con Holly y espero mientras Pen arregla la cuenta. Evito encontrar la mirada de Holly, fingiendo escribir un texto. Lo que realmente estoy haciendo es intentar iniciar sesión en mi banco, pero sigue dándome un error no autorizado. Salto cuando Holly apoya su mano en mi espalda. La miro y deslizo el teléfono en mi bolsillo.

—Estoy seguro de que todo está bien, V.

Asiento y fuerzo una sonrisa de vuelta.

—De acuerdo, chicas, estamos todas listas—, declara Penélope con un gesto dramático de su mano. Sus ojos oscuros se fijan en los míos. —No necesitarás pasar el resto del día lavando toallas sucias y malolientes—, dice por encima del hombro con una risita. —Aunque hubiera sido divertido verlo.

Pongo los ojos en blanco a su espalda. Si lo refriega con más fuerza, se romperá una uña. No importa que le haya pagado los últimos cincuenta viajes aquí; ella ordeñará esto tanto como pueda. Mientras lucho contra las lágrimas, salimos. Respiro profundamente, el aire frío me quema los pulmones. Lo último que quiero es que me vean llorar.

—Oh, cariño, relájate. Solo juego contigo— Pen se ríe y me abraza. —No seas tan sensible. Ni siquiera tienes que devolverme el dinero.

—¿Cuarenta y nueve viajes más y estamos a mano?— Respondo con una sonrisa falsa.

—No sabía que llevabas la cuenta—, murmura, lanzándole una mirada a Holly. —De todos modos, me encantaría pasar el rato y conversar, pero tengo una cita y debo prepararme.

Abrazo a las dos y luego camino hacia mi auto, un Fiat Spider rojo de dos asientos que papá me compró cuando me gradué de SCAD. Ir a la universidad era algo en lo que mi abuela había insistido, aunque no estoy segura de por qué, no es como si fuera a necesitar darle uso.

Abrochándome el cinturón me dirijo a casa. Intento llamar a papá por el camino, pero no responde. Frunzo el ceño e intento de nuevo, pero todavía no hay respuesta. Esto es raro. Papá siempre responde, incluso si es solo para ladrar en la línea que él está ocupado con algo más importante que yo. En realidad, así es como van las conversaciones.

Si no va a contestar el teléfono, entonces tendré que ir allí.

Treinta minutos después, al entrar en el largo y extenso camino de entrada que conduce a la mansión de mi padre, sé que algo no está bien. Probablemente sean los diez coches de policía que me están dando esa impresión.

Tampoco son coches de policía ordinarios, estas son furgonetas negras brillantes, del tipo que asocias con persecuciones de alto perfil o grandes operaciones: palabras pronunciadas por alguien que obviamente ha visto demasiado Criminal Minds.

Aparco junto a una de las furgonetas y salgo. Mi corazón se acelera mientras avanzo por el camino, tan rápido como mis tacones Christian Louboutin de 4000 dólares me llevan. Los hombres con trajes pululan a mi alrededor, con lo que normalmente estaría muy feliz, pero no hoy, no cuando sé que algo está muy mal.

Abriéndome paso por la puerta principal, miro a mi alrededor en estado de *shock*. Hay gente por todos lados. Entran y salen, llevando todo, desde computadoras, a pilas de archivos, hasta una cuadernos y carpetas que reconozco como mías desde mi último año de secundaria.

—Hola—, le digo, entrando en el camino de uno de esos hombres. Se detiene en seco y me mira impaciente. —¿Qué estás haciendo? —, pregunto.

—Seguir órdenes—, replica, frunciendo el ceño. —¿Y usted es?

—Valentina Rossi—, anuncio, enderezándome al anunciar mi nombre tal como me enseñaron los años de encanto de la escuela.

—Ah— Él mira por encima del hombro y llama a alguien. Una mujer levanta la vista y asiente al verme. Ella camina hacia nosotros y me lleva fuera de la habitación, hacia la sala formal.

—¿Señorita Rossi, supongo?

Asiento, con la garganta seca. —¿Dónde está mi padre?

—Ha sido detenido bajo sospecha de fraude. Estamos aquí recolectando cualquier cosa que pueda contener evidencia —, explica.

La miro y me río. No puede hablar en serio, ¿verdad?

—¿Sabes quién es mi padre?— Pregunto, levantando una ceja.

La mujer me mira directamente a los ojos. —Sabemos exactamente quién es él, y es por eso que nos estamos tomando esto tan en serio—

—Entonces, ¿te lo llevas todo?—, cuestiono, aún incrédula. —¿Y sus cuentas?, ¿Han sido congeladas también?

Me sonrojo al darme cuenta de lo superficial que debo sonar. Probablemente piense que soy otro bebé malcriado del fondo fiduciario, que vive del dinero de papá. Bien, entonces ella tendría razón, pero no es mi culpa. Soy un producto de mi educación.

—Sus cuentas no están congeladas, señorita Rossi. Están vacías.

—¿Qué quieres decir con vacías?— gruño —Mis cuentas nunca han estado vacías en mi vida. Tengo un fondo fiduciario...

—Tenías un fondo fiduciario—, Corrigió ella. —Tu padre movió todo a un lugar desconocido, y estamos haciendo todo lo posible para tratar de encontrarlo.

¿Vació mi fondo fiduciario?

Mi corazón late en mi pecho. Él no me haría eso ... ¿o sí? No, tiene que haber algún tipo de explicación. Probablemente esté tratando de protegerme moviendo mi dinero a un lugar seguro. Estoy convencida que hablar con él aclarará todo.

—Quiero verlo—, Demando. —¿Dónde está el?

Ella sacude su cabeza. —Lo siento, no puedes. No hasta que hayamos terminado de recopilar nuestra evidencia— Se mete la mano en el bolsillo y saca una tarjeta. La tomo y miro, sintiéndome entumecida. —Llámame mañana. Arreglaré que lo veas tan pronto como sea posible. Mientras tanto, lo siento, pero no puedes quedarte aquí. Puedo ayudarte a encontrar un alojamiento alternativo...

—Tengo un apartamento—, interrumpo, metiendo la tarjeta en mi bolsillo. —Solo estaba aquí porque ...— Me detuve, dándole una sonrisa tensa. Al menos ahora sé por qué rechazaron mis tarjetas. —Gracias por tu ayuda.

Camino hacia mi auto y entro. Me siento allí por un rato, mirándolos entrar y salir de la casa como abejas obreras. ¿Fraude? Sacudo la cabeza. No tiene ningún sentido. Mi padre es muchas cosas, pero no esto.

¿O tal vez no conozco a mi padre tan bien como pensaba?

Salgo del ascensor de Sorrel Towers hacia el ático que llamé hogar durante el último año. Todo lo que quiero hacer es acurrucarme como una pequeña bola en mi cama, pero justo cuando llego a la puerta principal, escucho a alguien toser detrás de mí. Me giro y encuentro al administrador del edificio, que sonríe torpemente mientras se pone de pie.

—Valentina—, murmura, una gota de sudor cae por su frente. —Lo siento, pero el gerente de contabilidad llamó y me pidió que hable con usted. Parece que su último cheque de alquiler rebotó ...

—¿Oh?— Digo y frunzo el ceño, como si no tuviera idea de por qué pudo haber sucedido. —Bueno. Iré al banco y lo resolveré lo antes posible.

El alivio inunda su rostro. —Gracias— Respira y luego duda, como si estuviera sopesando decir qué más tiene en mente. Levanto las cejas, expectante. —Es solo que... ¿está todo bien? Vi a tu padre en las noticias, y luego, cuando el cheque no pasó... —Se interrumpe nuevamente, luciendo avergonzado.

Lo miro fríamente, inclinando ligeramente la cabeza.

—En el año que he estado viviendo aquí, ¿alguna vez he dejado de pagar, Andreas?— pregunto. Sacude la cabeza, sus mejillas sonrojadas. —Exactamente. Y no tengo la intención de empezar ahora— Agrego, y le doy una mirada severa.

—Por supuesto. No quise ofenderte —, musita. —Es solo que... estaba preocupado... — Se ríe con inquietud mientras se frota la nuca. Casi siento pena al notar su estado; pareciera que va a desmayarse en cualquier momento.

—Si te preocupa cómo puedo pagar este lugar, deberías calmarte—, le aseguro —Tengo un fondo fiduciario que podría comprar cómodamente este edificio y sus inquilinos también— Lo que es mucho teniendo en cuenta que Sorrel Towers alberga a algunas de las élites más ricas de toda Savannah. Me detengo el tiempo suficiente para deslizar mi llave en la cerradura, luego miro hacia atrás y arqueo la frente. —¿Hay algo más?— Agrego, esperando haber dejado en claro que nuestra conversación ha terminado.

—No, lamento haberle molestado con esto. Que tenga buenas noches, señorita Rossi— Él asiente con la cabeza hacia mí, luego corre a la vuelta de la esquina en dirección a los ascensores.

Entro y recuesto mi espalda contra la puerta hasta que se cierra de golpe, luego me deslizo hacia el suelo, abrazando mis piernas contra mí. Esta mañana me desperté y fue como cualquier otro día. ¿Cómo cambió todo tanto en el espacio de unas pocas horas? Más importante aún, ¿cómo diablos voy a llegar con el dinero del alquiler? No hay forma de que pueda encontrar ese monto de efectivo.

Mi estómago se revuelve ante la idea de mudarme, porque amo mi departamento. Ubicado en el corazón del distrito histórico, es la definición de la opulencia y el lujo. Desde la vista de un millón de dólares hasta la bañera de hidromasaje en el balcón, es la casa que siempre soñé. El precio no fue un factor y mi padre estaba más que feliz de conseguirlo, como todo lo que le pedía. Supongo que años de descuidar emocionalmente a tu hija te hacen sentir culpa. Respiro lentamente, tratando de detener el ataque de pánico que sé que se avecina.

Todo estará bien. Solo necesito sobrevivir hasta que mi padre resuelva esto.

Me río de lo ingenua que soy. ¿Cómo puede estar bien? El único dinero que tengo está en ese fondo fiduciario, que aparentemente ahora está vacío. Cuando quitas eso de la ecuación, mi valor total asciende a la friolera de diez dólares. Conseguir un trabajo no tiene sentido, porque ni siquiera cubriría mi renta, y mucho menos mis otros gastos. Demonios, incluso diez trabajos no estarían cerca de sacarme de este lío.

¿Qué diablos voy a hacer?

2

HUDSON

—Luces bien, sexy.

Doy la vuelta y me río de Matty cuando deja escapar un silbido. Lanza su bolso en la silla cerca de mi remolque y luego se acerca al lugar de trabajo, fijando su cinturón de herramientas en el camino. Levanto mi mano para protegerme del sofocante y ardiente sol de agosto de mis ojos mientras le sonrío.

—Supongo que media hora tarde es mejor que no aparecer—, grito. —¿Cuál es tu excusa esta vez?

—Tráfico—, responde encogiéndose de hombros. Resoplo, porque la I-95 es una perra absoluta durante la temporada de turistas. —Admítelo—, agrega. —Te quitaste la camisa solo por mí, ¿no?

—Sí—, me río entre dientes, pasando mi mano sobre mis lisos y cincelados abdominales. Extiendo mis manos y me encojo de hombros. —Me atrapaste. Esto es todo para ti. No tiene nada que ver con el hecho de que hace cien grados, y he estado aquí cubriéndote el culo.

—Siempre estás hablando de mi trasero—, se queja, con

un brillo en los ojos. —Eso podría considerarse acoso sexual. Especialmente cuando estás vestido así.

—Simplemente no le digas a tú esposa que te he estado golpeando— Me reí entre dientes.

No dudo ni por un segundo que Marisa podría darte un duro golpe si pensara que estaba invadir su territorio, especialmente con esas hormonas del embarazo dando vueltas. Salto de la escalera en la que estoy parado y luego me dirijo hacia mi remolque, ignorando las risas de Matty mientras toma mi lugar para ayudar a James a colocar el resto del marco de la ventana.

Matty y yo hemos sido amigos durante años, así que cuando comencé este negocio, pedirle que viniera a trabajar para mí era un hecho. Me preocupaba que ser su jefe pudiera dañar nuestra amistad, pero no fue así. No parece importar cuánto tiempo pasemos juntos, es como si nada pudiera interponerse entre nosotros. Sin embargo, eso podría cambiar si debo fastidiar al tipo cuando mi cierre mi negocio.

—Parece que alguien no puede soportar el calor—, se burla Matty, mientras los otros dos se ríen.

—Yo manejo el calor muy bien—, replico. —Es de ti de quien necesito un descanso.

Desaparezco dentro del remolque y cierro la puerta de un golpe, en caso de que alguno de ellos tenga alguna idea sobre unirse a mí. Llevo en el sitio desde la cinco de la mañana y estoy exhausto, casi demasiado agotado para encontrar la energía para pensar. Tomo una botella de agua del refrigerador en el piso y luego me siento en mi escritorio improvisado (algunos recortes de madera clavados por expertos en una puerta vieja) y abro mi computadora portátil antigua. Me muevo mientras la caja de plástico que estoy usando como asiento se clava en mí, mientras mis ojos escanean la habitación. Es curioso la frecuencia con la que soñaba con tener una oficina real, en lugar de este tráiler que funciona como una sala de descanso. Ahora me conformaría con poder pagar mis cuentas.

Desenrosco el tapón de mi bebida y tomo un trago, sin darme cuenta de lo sediento que estoy. En el momento en que el agua helada golpea mi estómago, empiezo a sentirme mejor, hasta que mis ojos caen sobre el montón de cuentas por pagar apiladas junto a la pared. Frunzo el ceño y tomo uno. Esta es una manera segura de deprimirme, pero creo que eventualmente tendré que abrirlas. Al menos, eso es lo que me siguen diciendo los cobradores de deudas que comienzan a circular, y tienen razón. Necesito aguantar y lidiar con esto.

Con un suspiro, abro el primer sobre. Último aviso. Los siguientes dos son iguales. Sacudiendo la cabeza, vuelvo a tirar los sobres con el resto.

Resulta que revisar mi correo electrónico es aún más deprimente. Los dos primeros provienen de proveedores, lo que me permite saber que mis últimos cheques han rebotado. Por suerte para mí, tengo una relación lo suficientemente buena con ambos como para comprarme algo de tiempo extra. No es que vaya a ayudar mucho. Podría tener un mes para arreglar todo esto, y aun así no podría cubrirlos. La mierda sigue empeorando.

—Joder—, siseo.

Me pongo de pie, pateando la caja debajo de mí contra la pared. Tengo que abstenerme de levantarla y tirarla más fuerte contra la pared. Lo único que me detiene es que seguramente atraerá la atención de los muchachos. Paseo por el estrecho remolque, pasándome las manos por el pelo en un intento por encontrar una solución, pero no hay ninguna.

Esto es ridículo.

No debería ser tan difícil. Se suponía que comenzar mi propio negocio sería un paso adelante. Realmente pensé que también podría hacerlo, pero tal vez estaba equivocado. Tal vez no estoy hecho para esto.

Mis padres estaban muy orgullosos de mí. Mi familia ha pasado por muchas cosas, por lo que librarme de eso y construir un propio negocio de la nada fue un gran problema. Quizás había algo que podría haber hecho de otra manera. Tal vez entré demasiado rápido, sin permitirme entender lo que se necesitaba para administrarlo. Debería haberme centrado más en el lado comercial de las cosas en lugar de haberlas dejado de lado. Cuanto más le debo a la gente, más difícil es ponerme al día. Seguía diciéndome a mí mismo que vendría un gran trabajo y que todo estaría bien, pero nunca fue así. Incluso di vueltas tocando puertas, tratando de solicitar negocios, pero eso no llegó a ninguna parte. Es como que cada paso adelante que doy termino retrocediendo dos pasos. Estoy harto de esto. Estoy harto de todo.

Lo peor es que cuando miro alrededor, todo lo que veo es gente que da por sentado lo que tiene. La mitad de la gente en esta maldita ciudad tiene más dinero del que puede gastar.

Demonios, algunos de los amigos de Holly gastan más en un día que yo en un año, y lo hacen sin pensarlo dos veces. Intento no sentir celos, porque no es mi estilo, pero a veces me afecta. Aquí estoy haciendo todo lo posible para salvarme de ahogarme, y ellos no lo piensan dos veces antes de gastar mucho dinero en una pedicura.

—Entonces sal de aquí y haz algo al respecto—, murmuro para mí mismo.

¿Y qué si la vida no es justa? Sentarse por aquí quejándose no va a arreglar nada. Necesito seguir intentando, seguir presionando hasta que algo se rompa. Con suerte, no seré yo.

Agarro mis cosas, una nueva descarga de energía surge a través de mí. Iré al banco y hablaré con Peter. Quizás él pueda ayudarme. Tener un primo que es el gerente de un banco local debe tener algunas ventajas, ¿verdad?

Aunque sé que solo algunas veces puede rescatarme.

Conduzco por las calles de Savannah, buscando un lugar para estacionar. Está todo ocupado, especialmente siendo miércoles, porque la gente aprovecha la mañana fuera antes de que se vuelva demasiado húmedo. Eventualmente consigo un lugar a pocas cuadras de distancia, pensando que la caminata me hará bien. Puedo aclarar mi mente y descubrir qué le voy a decir a esta vez.

El mes pasado, Peter aumentó mi sobregiro cuando probablemente no debería haberlo hecho. Esta vez no cuento con su ayuda. No cuando estoy tan cerca de incumplir con todo. No nos llamaría cercanos, de hecho, en estos días parece que la única vez que hablo con él es en reuniones familiares, o cuando necesito dinero, pero él es un buen tipo. Sé qué hará todo lo que pueda para ayudarme. Si no puede ayudarme, entonces estaré bastante jodido, porque me estoy quedando rápidamente sin opciones.

Fuerza.

Gruñendo, me tropiezo. Me lleva un momento darme cuenta de que he chocado con alguien. Miro hacia arriba, sin saber si disculparme o molestarme. Mis ojos se abren cuando me doy cuenta de que conozco a esta persona. Es Valentina, una de las amigas de mi hermana pequeña. Han pasado un par de años desde la última vez que la vi, pero joder, se ve bien.

—Oye, mira...— grita y luego me mira, su expresión cambia. —Oh, hola, Hudson— Su molestia deja paso a la sorpresa. Ella me sonríe y yo le devuelvo la sonrisa, seguro de haber visto un destello de algo en sus ojos. —¿Cómo estás?— ella pregunta. —Ha pasado un tiempo.

—Valentina—, murmuro. —Ha pasado mucho tiempo. Estoy bien— *No, es totalmente falso.* De repente me siento mejor de lo que me he sentido todo el día. —¿Cómo estás? Te ves genial—, agrego.

Por primera vez me doy cuenta de lo bien vestida que está. Trago saliva, porque la forma en que esa corta falda negra se aferra a sus pequeñas curvas me hace pensar cosas que probablemente no debería pensar en la amiga de mi hermana.

—¿A dónde vas toda vestida así?— pregunto, aclarándome la garganta. —¿Una cita caliente?.

No debería molestarme, pero la idea de que ella vaya a una cita con un tipo me molesta. Me encojo de hombros, porque tengo suficiente en mi mente en este momento sin agregar chicas a la mezcla, especialmente una de tan alto mantenimiento como Valentina.

—No.— Ella hace una mueca cuando sus mejillas se ponen rojas. Sonrío, porque ella es aún más linda cuando se sonroja. —Tengo una entrevista de trabajo, en realidad.

—¿Una entrevista de trabajo?— Repito con una risa. —Me estás tomando el pelo, ¿verdad?

Ella pone su mano sobre su cadera, haciendo que su escote sea aún más difícil de apartar, y luego me mira con los ojos fruncidos, sus labios rojos como la sangre se tuercen en un puchero.

—¿Te parece gracioso?— ella gruñe.

—Bueno sí. Más o menos me lo parece—, admito, frotando la mandíbula para disfrazar mi diversión. —Tenía la impresión de que la gente trabaja para ti. No que trabajas para ellos.

—Bueno, las cosas cambian—, murmura, mirando a sus pies.

No puedo discutir con eso. Cambian bastante.

—Entonces, ¿cuál es el trabajo?— Pregunto, la curiosidad se apoderó de mí.

—Es un empleo minorista. En una boutique de ropa para niños de alta gama —, arrastra la voz, volteándose el cabello sobre el hombro. —Estoy segura de que nunca has oído hablar de eso.

Mis labios se contraen cuando recuerdo su presencia en la fiesta del sexto cumpleaños de mi prima Harmony hace dos años. No se me ocurre nada menos adecuado para Valentina que el servicio al cliente o trabajar con niños.

—¿Hay algo que quieras decir?— gruñe, colocando una mano perfectamente cuidada en su cadera.

—¿Buena suerte?— le digo.

Dios, desearía ser una mosca en la pared de esa entrevista. Seguramente me haría olvidar mis problemas. Valentina mira su reloj y suspira, lanzándome una mirada molesta.

—Excelente. Ahora me estás haciendo llegar tarde.

—¿Qué?— Me río. —Te chocaste conmigo. Además, creo que llegar tarde será la menor de tus preocupaciones— Sonrío.

—¿Que se supone que significa eso?— replica.

—Solo que no tienes mucha experiencia. O motivación.

—Disculpa. ¿Ya terminaste?— refunfuña, sacudiendo la cabeza mientras ríe. —No tengo tiempo para esto.

Ella se retira sin siquiera decir adiós, murmurando algo

que estoy bastante seguro es un insulto. Me quedo allí a su paso, mirándola pavonearse por la acera hasta que finalmente desaparece de mi vista.

¿Valentina trabajando? Camarera o atendiendo en un bar casi lo podría creer. Demonios, incluso podía verla cumpliendo los requisitos mínimos y no ser despedida de un trabajo de oficina. ¿Pero una boutique de ropa para niños, o cualquier cosa que involucre a niños, de hecho?, apuesto a que ni siquiera durará un día.

Con una última mirada en su dirección, la aparto de mi mente y me concentro en por qué estoy aquí.

Hora de enfrentar la música.

3

VALENTINA

No me atrevo a mirar atrás.

Incluso aunque una parte de mí realmente quiere, me niego a darle la satisfacción a Hudson. Entonces, ¿qué pasa si no tengo mucha experiencia en el comercio minorista ... o cualquier otra carrera? Soy una gran trabajadora y una rápida aprendiz. No es que espere que lo sepa, porque la última vez que lo vi fue hace dos años.

Solíamos vernos todo el tiempo cuando éramos niños. Hacía todo lo posible para molestarnos a Holly y a mí. Ella lo odiaba. También fingía estar molesta, pero en secreto, me gustaba la atención. Aun así, incluso en aquel entonces, la idea de Hudson como algo más que el molesto hermano mayor de Holly nunca se me había ocurrido.

Echando un vistazo a mi teléfono, maldigo. Excelente. Ahora realmente estoy llegando tarde.

Corro las pocas cuadras por Liberty St, hasta la boutique de ropa infantil donde se lleva a cabo mi entrevista y entro por las puertas sin un segundo de sobra.

Incluso si estoy sin aliento y en peligro de perder un pulmón, a tiempo es a tiempo, ¿verdad?

Una mujer levanta la vista desde detrás de la caja registradora, con los ojos llenos de alarma, como si estuviera considerando llamar una ambulancia.

—Hola, estoy aquí para la entrevista de trabajo—, espeté una vez recuperado el aliento. Ella mira el reloj en la pared y levanta una ceja.

—Llegas tarde.

Claro, por unos treinta segundos.

—Llegué justo a tiempo cuando crucé la puerta—, no puedo resistirme a responder.

Ella me da otra mirada antes de ponerse de pie, luego, sin decir una palabra, sale por la parte de atrás. Me quedo allí, incomoda.

¿Debería seguirla?

—¿Vienes?— grita, respondiéndole a mis pensamientos. Me estremezco ante el tono irritado de su voz.

Esto ha tenido un buen comienzo.

Respiro hondo, pongo una sonrisa, camino alrededor del mostrador y salgo por detrás. Entro en la pequeña y estrecha oficina y miro a mi alrededor. Hay cosas por todos lados. La mujer me indica que me siente, así que apilo cuidadosamente los papeles que estaban en la silla en el suelo y me siento. Observo mientras deja a un lado los papeles en su escritorio, con una mirada perpleja en su rostro. Esta mujer me hace sentir organizada, lo cual es impresionante.

—Enviaste tu CV por correo electrónico, ¿no?— murmura —Estoy segura de que estaba aquí—, se ríe. —Lo siento. Ya ha sido una mañana infernal. Valentina, ¿verdad? Le respondo que sí con un gesto, forzando una sonrisa de confianza mientras la veo pasar una mano por su cabello.

Y pensé que estaba teniendo un mal día.

Estoy segura de que solo estamos cumpliendo formalidades. Ella me hará algunas preguntas y luego cortésmente dirá que se pondrá en contacto conmigo.

—Soy Dana—, dice, ofreciéndome su mano a medias.

—Está bien—, declara, cerrando su computadora portátil y recostándose en su silla. Sus ojos se clavan en los míos. —Aparte de que te gusta llegar tarde a las entrevistas, ¿qué puedes decirme sobre ti?

Bien entonces.

Abro la boca, lista para defenderme, pero me detengo cuando recuerdo lo mucho que necesito este trabajo. Lo peor es que puedo sentir que se me escapa con cada segundo que pasa. A ella no le importa por qué llego tarde, no quiere mis excusas, solo quiere continuar con su día de mierda para que pueda terminar más rápido. Necesito hacer algo y ahora, pero cuando abro la boca, levanta la mano para detenerme.

—Lo siento. Eso no fue justo—. —No debería quitarme las frustraciones contigo, pero una persona me dejó y mi rutina diaria acababa irse al diablo—. El estrés se muestra en su rostro al reírse. —Hoy, de todos los días.

—¿Qué tal si te muestro lo que puedo hacer entonces?— Le respondo, creyendo que fue una idea brillante.

—¿Perdón?— Ella se ve sorprendida.

—Quiero decir, podemos sentarnos aquí y te contaré mi experiencia— *Lo cual seguramente, tomará menos de un minuto.* —O puedo ayudarte, y verás por ti misma por qué necesitas contratarme.

Dana me mira como si estuviera evaluara darme una oportunidad, así que le fijo la mirada, manteniendo la expresión más neutral posible. Soy una maestra en eso. Años de ser la hija de mi padre me han enseñado a ocultar las emociones cuando lo necesito.

—Bueno—, aprueba. —Te daré una oportunidad.

La sigo al frente, ocultando mi sonrisa. Gracias a Dios que esquivé esa bala. Claro, no tengo experiencia, y esto podría fallar totalmente, pero realmente, ¿qué tan malo puede ser?

La respuesta es, muy malo.

Las últimas tres horas han sido lo peor de mi vida. ¿Quién sabía que servir a padres privilegiados que parecen tener la impresión de que mi único propósito en la vida es esperarles sería un verdadero infierno? Fui salvada solo por los pocos momentos que pude pasar con sus hijos. ¿Vestir a niñas con vestidos de princesa y hacer sonreír a los bebés? Por eso solicité este trabajo. Lástima que todo lo demás apesta. Sin mencionar que todo lo que toco se arruina.

Tenía que arrastrar a Dana al frente cada vez que servía a un cliente, porque no podía encontrar la manera de operar la caja registradora. Luego, para colmo, le cobré a una mujer $ 200 menos por un vestido para su hija. Sin duda eso saldrá de mi cheque de pago. Sí, no hay forma de que me pida que regrese.

Hubiera sido mejor continuar con la entrevista.

—¿Valentina?

Respiro rápido y luego le sonrío a Dana, quien me indica que me una a ella.

Aquí viene…

Estoy segura de que estoy a punto de obtener el —Lo siento, pero no creo que vaya a funcionar—, pero su gran sonrisa me está desanimando. ¿Tal vez ella simplemente está muy feliz al pensar en decirme lo mal que lo hice? Probablemente sea eso.

—Lo hiciste muy bien—, dice ella.

¿Perdón?

Eso fue inesperado.

¿Cómo podría estar feliz con mi actuación? O está delirante por la falta de sueño, o el resto de su personal era aún más incompetente que yo.

—Aquí—, dice ella, empujando un sobre en mis manos. La miro confundida.

—Creo que te pagaré directamente por hoy y luego te pondré en los libros para tu próximo turno. ¿Eso está bien? —. Al ver mi expresión, frunce su ceño. —Te ves sorprendida.

—Sí, está bien.— Me río. —Lo siento. Creo que esperaba que me dijeras que no iba a funcionar—. —No creí que lo hiciera muy bien— Confieso.

—¿Estás bromeando?— Exclama, regalándome una sonrisa alentadora. —Me ayudaste a salir de una situación difícil, y te arrojé en la boca del lobo. No podría haber sido difícil comenzar sin previo aviso. — ¿Estás disponible mañana? — Agrega.

—Seguro.— Sonrío, aunque la idea de cumplir otro turno ya me está agotando.

Sigo diciéndome que todo esto valdrá la pena cuando tenga dinero. Este primer cheque de pago es solo el comienzo. Con suerte, será suficiente para mantener al arrendador alejado de mi espalda y después de unas semanas, volveré a estar en pie. Las cosas ya han cambiado lo suficiente, así que saber que todo estará bien, si puedo mantener mi cabeza fuera del agua hasta que se arregle el asunto con mi padre, me consuela mucho.

A la primera oportunidad que tengo me escapo y corro hacia mi auto. En el momento en que me deslizo en el asiento delantero, saco el sobre y lo miro con entusiasmo.

Mi primer cheque de pago.

Es una cosa tan estúpida y pequeña que probablemente no significaría nada para nadie más. Para mí, es un gran momento; lo logré. Esto demuestra que puedo cuidar de mí misma. Si Hudson pudiera verme ahora, borraría la sonrisa de su rostro.

Deslizo cuidadosamente mi dedo a lo largo del borde y luego miro dentro. Mi corazón se acelera mientras cuento a través de los billetes. Frunzo el ceño y cuento a través de ellos nuevamente, seguro de que hay algún error. $ 143 por el trabajo de toda la tarde? ¿Me está tomando el pelo? Parpadeo las lágrimas. Podría trabajar las veinticuatro horas del día, todos los días del mes y todavía no cubriría el alquiler. Estoy jodida, nada más.

Todo el trabajo del mundo no me ayudará salir de este lío.

Estoy tan enojada con mi padre en este momento.

Lo peor es que todavía no me dejan verlo.

Todos sus abogados dirán que debo sentarme y esperar, pero ¿cómo puedo hacerlo si no sé qué está pasando? No se trata solo del dinero. El me mintió. Toda nuestra vida fue una broma, y tengo que sentarme aquí lidiando sola con las secuelas.

Como si fuera una señal, suena mi teléfono. Salto, mi corazón se dispara porque podría ser él, pero solo es Holly. La decepción desaparece rápidamente cuando recuerdo que ella es la única persona con la que consideraría hablar sobre esto. Necesito sacarlo antes de volverme loca.

—¿Hola?

No me molesto en mantener la tristeza fuera de mi voz. Ella me conoce demasiado bien para no darse cuenta de que algo está mal de todos modos.

—¿Una entrevista de trabajo?— Holly pregunta.

Hudson

La ira burbujea dentro de mí. Simplemente no podía mantener la boca cerrada, ¿verdad? Apuesto a que se echó a reír también cuando se lo contó.

—Déjame adivinar—, le digo rotundamente. —Hudson.

—Puede que lo haya mencionado...

—¿Quieres decir entre ataques de risa?— Yo respondo.

—Qué importa quién me dijo, V. ¿Qué demonios está pasando?— La voz de Holly está llena de preocupación. —¿Desde cuándo trabajas? ¿Tiene esto algo que ver con lo que sucedió en el spa de día? — Me interroga.

Arrugo la frente. ¿De verdad puede que no haya descubierto lo que está pasando? Descarto el pensamiento rápidamente, porque tiene que saberlo. Todo Savannah lo sabe. La cara de mi padre ha estado en todas las noticias. Puedo sentir a la gente mirándome cuando camino por la calle.

—¿No lo sabes?— Pregunto. —¿No ves las noticias?

—¿De qué estás hablando, V?— ella pregunta, frustrada. —Sabes que no veo las noticias, las evito a toda costa, es demasiado deprimente. ¿Qué está pasando?

—Mi padre está siendo investigado por fraude—, susurro. —Lo que significa que todas sus cuentas, y las mías, han sido congeladas.

—¿Fraude?— ella jadea. —Espera, ¿congelaron todo? ¿Como que no tienes dinero?

—Exacto— Me río con amargura. —Todo está jodido. Ni siquiera importa que haya conseguido un trabajo, porque no es suficiente. Podría hacer diez trabajos, y no haría la diferencia.

—Oye, no hables así—, regaña.

—No, lo digo en serio—, me quejo. —Me pagaron por hoy. La gran suma de 143 dólares. ¿Sabes cuántos turnos necesitaría trabajar para cubrir el alquiler?

—Eso es bastante bueno—, razona Holly. —Por encima del salario mínimo. Espera, ¿te hicieron empezar hoy? Eso es bastante difícil.

—No, la convencí de que me hiciera una prueba en lugar de pasar por la entrevista—, le explico.

—¿Para enmascarar el hecho de que no tienes experiencia?— Holly se ríe. —No estoy segura de sí reírme o quedarme impresionada. Mira, ven a mi casa. Haremos una tormenta de ideas juntas y resolveremos esto.

—No tiene sentido, Holly. No hay solución—, expreso en un tono apenas audible.

—Bueno, al menos lo habremos intentado. Y si falla, nos emborracharemos—, bromea.

Su intento de aligerar el estado de ánimo funciona, porque me hizo reír. Quizás emborracharme y olvidar mis problemas por un tiempo es exactamente lo que necesito.

Seguro que no puede empeorar las cosas.

—Está bien—, le digo cuando abre la puerta. —¿Cuál es la respuesta?

Ella pone los ojos en blanco y me abre lo suficiente como para que yo pueda pasar.

—No dije que tenía las respuestas—, responde ella. —Dije que pensaríamos una arriba, o beber.

—¿Entonces? Empieza a pensar o sírveme un poco de vino— la insto. —Una de dos— Nos dejamos caer juntas en el sofá.

—Está bien, está bien, estoy pensando—, responde mientras cruza sus brazos sobre su pecho, arrugando las cejas. —Bien, ¿qué tal vender algunas de tus cosas? Esa colección de zapatos tuya debe valer una fortuna. — Ella entrecierra los ojos en mis talones, lo que me lleva a ponerlos debajo de mí por seguridad. —Hablando de eso, ¿puedo ser la primera en pasar por ellos?

—¿Vender mis zapatos?— Exclamo con un resoplido. —De ninguna manera. Prefiero venderme a mí misma.

—Es posible que no estés muy lejos de ese punto si no puedes darte el lujo de alimentarte— responde Holly.

—¿Y qué se supone que debo usar?— Me burlo. —¿Chancletas?

—Uh, ¿zapatos de precios razonables, como cualquier otra persona normal?— Responde suspirando y se masajea la sien. —V, trabaja conmigo aquí. Tienes suficientes zapatos para abrir tu propia tienda. Seguro que hay algún par que no extrañarías, ¿verdad?, no es que no puedas conseguir buenos zapatos por una fracción del costo — Me mete el pie en la cara y sonríe con orgullo. —Recogí a estos chicos malos en un mercado de pulgas por un tercio del costo de unos nuevos.

—Y probablemente deberían haberse quedado allí—, le digo, enroscando mi nariz. —El que haya pensado que el amarillo mostaza funcionara con zapatos de tacos estaba muy equivocado.

—Puedes ser tan grosera a veces; es casi divertido— Holly se ríe, empujando mi hombro juguetonamente. —Probablemente debería estar ofendida, pero ¿quién tiene la energía en estos días?

—Si quieres alguien ofensivo, ve a hablar con tu hermano—, murmuro. —Hablando de eso, ¿qué dijo exactamente cuando te contó sobre mi entrevista? parecía pensar que era gracioso.

—Honestamente, no dijo mucho. Solo que se encontró contigo. Creo que estaba demasiado ocupado estresándose por sus propios problemas para pensarlo demasiado—, responde ella.

—¿Hudson está teniendo problemas?— Me entrometo, la curiosidad se apodera de mí. —¿Qué tipo de problemas?

—Espera, ¿no estabas literalmente amargada por él hace cinco segundos por comentarme sobre ti?— Inquiere entre risas. —¿Ahora quieres el chisme sobre él?

Agito mi mano. —Eso fue antes. ¿Entonces...?

Con un suspiro y los ojos en blanco, Holly comienza a contarme. —Se dirigía al banco cuando se topó contigo. Aparentemente, no le fue demasiado bien —, explica, haciendo una mueca.

—Él tiene su propio negocio, ¿verdad?—, reflexiono.

Con su cabeza confirma y continúa; —todo iba bien, pero el trabajo se ha secado. Ha estado luchando realmente las últimas semanas. Estoy preocupada por él. Puedo ver en su rostro lo estresado que está, pero no me dirá.

Vaya. Si estaba preocupado por algo, no lo demostró. Hoy, él era el mismo Hudson seguro y engreído que conocí de niña. Solo más sexy. Me sonrojo, pensando en él así, cogiéndome desprevenida.

—¿Dónde podría vender mis zapatos?—, pregunto finalmente, para sacar la conversación, y mi mente de Hudson. —¿Hay una tienda para eso?

—¿Qué tal Craigslist?— ella sugiere. —Toma fotos, colócalas, escribe algunas palabras

—Todo esto suena como mucho trabajo—, interrumpo.

Nuevamente me responde con una risa. —¿Qué, esperabas que alguien entrara, tomara fotos e hiciera todo el trabajo duro por ti?

—¿Te estás ofreciendo?— Pregunto esperanzada.

Holly se acerca y me empuja.

—Lo siento, V. Ni siquiera te amo tanto— Tras un momento de consideración asiente. —Está bien, olvida los zapatos. Tengo una mejor idea—. Sus ojos brillan cuando caen sobre el colgante de diamantes de cuatro quilates que cuelga de mi cuello, que instintivamente cubro con mi mano. —Vende algunas de tus joyas.

—¿Mis joyas?— Repito, mis ojos se ensanchan alarmados.

—Seguro. ¿Por qué no?— razona. —No es como si te pusieras la mitad de todos modos. Ahí es donde está el dinero real. Tu botín te mantendrá en funcionamiento durante meses. Bueno, al menos un mes—, se corrige a sí misma, recordando que era de mí de quien estaba hablando. —Hasta que descubras algo más. Te estás quedando sin opciones, V. Puedes vender tus cosas o atenuar tu estilo de vida. Depende de ti a qué estás más apegada .

—¿Qué pasa si no quiero decidir?— Me quejo.

Pero sé que ella tiene razón.

Necesito crecer y tomar algunas decisiones difíciles.

No tengo mucha elección.

4

HUDSON

—Lo siento, Hudson. No hay mucho más que pueda hacer.

Cierro los ojos y me paso la mano por el pelo. No es así como quería que me despertaran.

Ayer, luego de la reunión con Peter, me fui del banco sintiéndome más confiado. Sabía que las cosas iban mal, pero estaba seguro de que descubriría algo para salir de este lío. Esta conversación me ha traído de vuelta a la realidad.

Si no puede ayudarme, ¿qué esperanza tengo?

Todos los días parece que me estoy hundiendo cada vez más en deudas. A veces siento que me sofoco, pero en el fondo de mi mente, hay una pequeña voz que dice que todo estará bien. Sin embargo, esa voz se está debilitando a medida que la realidad comienza a establecerse, porque sé que no voy a poder salir de esto. A falta de un milagro, estoy perdido. Lo peor es toda la gente que arrastraré conmigo.

—Gracias—, digo en un tono frío.

No es su culpa que esté en esta posición. Solo yo tengo la culpa. Aun así, no puedo evitar sentirme amargado.

—Sabes que ayudaría si pudiera, pero Jesús, incluso yo no puedo hacerte ver como una buena inversión en este momento—, explica. Contesto con una risa, porque está suavizando sus palabras. —Si hay otra forma en que pueda ayudar...

—Está bien; Lo resolveré. Gracias—, agrego en un tono mucho más tranquilo. —Lo digo en serio. Realmente aprecio tu ayuda. Te hablaré más tarde, ¿de acuerdo?

Cuelgo antes de que pueda responder, me doy vuelta y entierro la cara en la almohada. Son más de las ocho, lo que significa que debería levantarme, pero quedarme en la cama parece una opción mucho más atractiva en este momento. Si me levanto, me resulta más difícil ignorar la espiral descendente a la que me dirijo. Estoy a punto de agrietarme, y lo último que quiero es que mis muchachos descubran que algo está mal. No hasta que encuentre un plan para ellos.

En especial Matty. Él tiene un niño en camino, por el amor de Dios. ¿Cómo puedo decirle que no estoy seguro de poder pagarle la próxima semana? Ni siquiera estoy seguro de poder comer la próxima semana. Gimo y me froto la cabeza. Tiene que haber algo en lo que no haya pensado, una forma de arreglar esto. No, incluso cuando lo pienso, sé que no hay nada. He mirado esto desde todos los ángulos, y no encuentro en que punto todo salió mal.

Por un minuto creí que conseguiría algo a pesar de tener la marea en contra, pero luego resulta que me estaba engañando. Hubiera sido mucho más fácil para mí no hacer el trabajo duro. Podría haber ido a trabajar para otra persona, pero no lo hice.

Quería hacer esto, y realmente creía que podía.

Suspirando, cierro los ojos, solo por un minuto. Podré ignorar el problema por más tiempo si vuelvo a dormir. Es irónico que lo que me mantuvo despierto casi toda la noche es lo mismo que puedo sacar de mi mente ahora mismo...

Mis ojos se abren con un sobresalto, y miro el reloj al lado de mi cama.

Mierda.

Son más de las doce. ¿Cómo diablos pasó eso?

Froto mi cabeza. Trato de despertarme un poco más cuando alguien golpea mi puerta. Me sobresalto, pero me doy cuenta de que probablemente eso fue lo que me despertó en primer lugar. Caigo de la cama y me pongo unos pantalones mientras camino hacia la puerta. La abro y suspiro, aliviado de que solo sea Holly.

Ella frunce el ceño cuando sus ojos oscuros me recorren. —¿Está todo bien?

—Sí—, murmuro, dándole una sonrisa tímida mientras me froto la nuca. —Creo que me quedé dormido y no sonó mi alarma.

—Nunca duermes con la alarma—, señala.

—Hoy lo hice— Me encojo de hombros, como si no fuera gran cosa, a pesar de que tiene razón. No me he dormido o llegado tarde desde que comencé mi negocio. —Entonces, ¿qué haces aquí de todos modos?— Añado, cambiando de tema. —¿Controlándome?

—¿Necesito controlarte?— pregunta.

Abro más la puerta, permitiéndole la entrada y me dirijo hacia la cocina. Necesito cafeína, y mucha. Ella me sigue, levantándose cuidadosamente sobre uno de los taburetes que recubren el mostrador.

—Matty me llamó—, explica cuando no contesto. —Estaba preocupado cuando no apareciste para trabajar esta mañana. Incluso él sabe que nunca llegas tarde—, agrega, mordiéndose el labio. —Bromeamos sobre lo quisquilloso que eres con el manejo del tiempo. ¿Recuerdas?

Jesús, lo sé. Solo tengo muchas cosas en la cabeza y olvidé poner la alarma—, espeté, sintiendo que estaba en medio de un interrogatorio. Suspiro y me apoyo en el mostrador de la cocina. —Mira, lo siento. No quiero quitarte la culpa. Estoy realmente estresado en este momento...

—¿Las cosas están tan mal?— pregunta.

Pienso en mentir y fingir que todo está bien, pero ¿qué sentido tiene? seguirá persiguiéndome hasta que le cuente lo que está pasando.

—Están llegando a ese punto—, admito. Es lo más honesto que he sido con alguien en mucho tiempo. Sacudo la cabeza y me río. —Digamos que el dinero es escaso. Fui un idiota al pensar que podría hacer esto en primer lugar— musito.

—No hables así—, regaña. —Eres genial en lo que haces.

—Tan genial que estoy conduciendo mi negocio al suelo —, le digo con una risa amarga.

—Sabes que eso no es cierto—, argumenta. —Estás pasando por un momento difícil. Estoy segura de que las cosas mejorarán. Tu solo espera.

Sacudo la cabeza. Desearía tener su confianza. He intentado mirarlo desde todos los ángulos, pero no hay forma de salir de este desastre. Cuanto antes me enfrente a esto, mejor. Estaría mejor simplemente renunciando. Holly se sienta, la preocupación en sus ojos crece.

—Debe ser la época del año de los problemas de dinero —, susurra, más para sí misma que para mí.

—¿Qué quieres decir?— Pregunto, ofreciéndole un café. Ella asiente, aceptando.

—No, no debería decir nada... —Sacude la cabeza con una sonrisa avergonzada. —Realmente no es asunto mío.

—Nunca te detuvo antes—, bromeo.

Holly entrecierra los ojos y se acerca para darme un empujón juguetón.

—Bien, vale. Hablo de Valentina—, explica, bajando la voz como si alguien nos escuchara. —Has oído lo que pasó, ¿verdad?

—¿Uh no?— Me río. —¿Crees que la sigo en Instagram o algo así?

—Su padre fue arrestado, ha estado en todas las noticias.

—¿Desde cuándo ves las noticias?— Le contesto con una sonrisa.

—Todo su dinero ha sido congelado—, continúa, ignorando mi comentario. —Solo digo que las cosas están bastante malas para ella. De alguna manera pone las cosas en perspectiva, ¿no?

—¿Crees que es peor para ella porque está acostumbrada a tener dinero?— Pregunto.

No estoy seguro de cómo funciona eso.

—No, es peor para ella porque su padre está en la cárcel, gilipollas—, responde Holly.

Verdad. Es un buen punto.

—Entonces, ¿todo lo que posee ha sido congelado?— Reflexiono, mi mente recuerda ayer. Considerando lo que está pasando, se veía bastante bien. —Supongo que eso explica la entrevista—. Pensé que estaba fuera de lugar para ella. —Entonces, ¿consiguió el trabajo?

—Sí, la contrataron en el acto.

—Vaya, deben haber estado bastante desesperados—, digo en broma.

—Hola—, responde Holly, —es de mi amiga de quien estás hablando.

—Oh vamos.— Me río entre dientes. —No estoy siendo malo, pero tienes que admitir que no grita exactamente chica trabajadora.— Me detengo, con una sonrisa en mis labios. —Al menos, no en ese sentido de la palabra.— Vuelvo a reír, esquivando el puño de Holly en su intento de golpearme el brazo. —En serio, la admiro por salir y conseguir un trabajo. Eso no puede haber sido fácil.

—Lástima que no haga suficiente diferencia.— Holly agrega, volviendo al tono bajo. —Lo que ganó ayer apenas podría financiar una hora de su estilo de vida.

—Entonces necesita bajar el tono,— le digo, encogiéndome de hombros. —Vivir dentro de tus posibilidades no es ciencia espacial

—Dale a la niña un descanso. Su padre está en la cárcel y no tiene familia. Está bien y es fácil decir que necesita atenuarlo, pero así es como ha vivido toda su vida.

Tal vez estoy siendo demasiado duro con ella, pero todavía necesita hacer algunos sacrificios.

Parece que no tiene otra opción, ahora que su padre está en la prisión y el tren del dinero se ha descarrilado.

—De todos modos, mejor me voy— anuncia Holly, poniéndose de pie. —¿Estás seguro de que no puedo hacer nada para ayudarte?

Sacudo la cabeza. —Está bien, Hols. Estoy haciendo que sea mucho peor de lo que es. Problemas de flujo en caja a corto plazo. Eso es. De hecho, espero una llamada del banco hoy— explico, mintiendo entre dientes.

Ella asiente con la cabeza, pero puedo ver por la mirada en sus ojos que no me cree.

Después de sacármela de encima, le envió un mensaje de texto a Matty y procedo a darme una ducha y prepararme.

Entonces, Valentina tiene problemas de dinero.

Es la clase de cosas que me resultaría divertida de no comprender exactamente por lo que está pasando. Holly tiene razón en una cosa. Para alguien que nunca tuvo que preocuparse por el dinero, debe estar pasándola mal ahora que no tiene nada. Sin duda está preocupada por su padre y se siente aislada en este momento. Con la excepción de Holly, no puedo imaginar que muchos de sus amigos estén dando vueltas para ofrecer su apoyo.

AL LLEGAR a mi lugar de trabajo, saco todo de mi mente, concentrándome en continuar con el labor. Es lo mismo que cualquier otro día, porque todo comienzan a mezclarse entre sí cuando esquivas llamadas telefónicas de proveedores enojados, y luego comienza la paranoia de pensar que estás ignorando un potencial nuevo empleo, por lo que respondes y tienes que encontrar otra débil excusa para justificar por qué falló el último pago. Historia de mi vida.

—¿Estás bien?

Miro hacia arriba y le sonrío a Matty mientras me entrega su planilla de horarios. —Lo siento, no estoy siendo entrometido, solo pareces perdido en tu pequeño mundo allí.

—Estoy bien. Solo tengo muchas cosas en la cabeza en este momento— explico. —¿Como estás? ¿Cómo está Marisa?

Matty irradia ante la mención de su esposa, que está a solo unas semanas de dar a luz a su primer hijo.

—Ella es buena. Yo soy el que tiene un ataque de nervios—, se ríe. —¿Un chico? Nunca me inscribí para eso.

—Te inscribiste en el momento en que pusiste tu polla dentro de ella— le respondí, dándole una palmada en la espalda.

Se ríe y se frota la mandíbula. —Supongo que es verdad.

Todo lo que puedo decir es gracias a Dios por este trabajo. Las facturas ya están empezando a acumularse, y Marisa está fuera del trabajo... Se ríe de nuevo. —Estoy seguro de que no quieres escuchar mis problemas.

Él tiene razón. Yo no quería. Solo porque me hace sentir tan culpable como en el infierno.

Ni siquiera sé si puedo pagarle la próxima semana, y mucho menos si seguirá trabajando para mí en un mes. ¿Pero cómo coño puedo decirle eso? De la forma en que van las cosas, los dos vamos a hacer cola para reclamar nuestros beneficios de desempleo.

—Oye, ¿estás seguro de que estás bien?— me cuestiona. —Si alguna vez quieres hablar...

Fuerzo una sonrisa. —Amigo, estoy bien. Me pregunto por qué demonios estamos parados aquí y no en algún lugar bebiendo. Podrías aprovechar al máximo tu tiempo libre mientras aún lo tienes—, bromeo.

Él se ríe. —¿Sería extraño si dijera que estoy deseando que llegue? Dejando a un lado los pañales sucios y las noches de insomnio, hay algo muy especial en que una persona pequeña dependa de ti.

—Sí, tal vez, pero no tengo prisa por averiguarlo— Le sonrío.

Puede que no esté seguro de mucho, pero definitivamente no veo niños en el horizonte pronto.

5

VALENTINA

Me paro fuera de la casa de empeño, tratando de tomar el valor para entrar. Todavía no puedo creer que esté haciendo esto, pero supongo que esta es mi vida ahora; juntar con esfuerzo cada centavo que pueda para llegar a fin de mes. Mis amigas casi me han abandonado. Con la excepción de Holly, no he tenido noticias de ninguna de ellos. Ni siquiera Pen. No debería sorprenderme, aunque una parte de mí espera que se estén preparando, listas para quitarme cosas como mis zapatos y mi ropa.

Lanzo una última mirada sobre mi hombro para asegurarme de que nadie que conozco esté cerca, y empujo la puerta. Salto cuando suena el timbre sobre la puerta, haciendo que el hombre detrás del mostrador levante la vista. Una sonrisa perpleja llena su rostro.

—Chanel está a unas pocas cuadras por ese camino—, dice, sonriéndome.

Estrecho mis ojos ante su actitud y me obligo a caminar hacia él, derramando el contenido de mi bolso sobre su mostrador.

—¿Cuánto por todo esto?— pregunto.

Espero, mi interior se revuelve en un lío de nudos mientras se pone de pie. Sin decir una palabra, examina cada artículo bajo su lupa.

—Quinientos dólares por el lote—, dice finalmente.

Lo miro fijamente, sin saber si reír o llorar. Echo un vistazo a la lujosa colección de gemas que mis amigos han envidiado durante años. ¿Quinientos dólares? Ni siquiera aceptaría eso para uno de estos.

—¿Me estás tomando el pelo?— Me lanzo hacia adelante, tomo un anillo y lo acerco a su cara. —Esto solo cuesta $ 5000. Tiene que haber más de cincuenta mil en cosas aquí— Agrego.

Me estoy desesperando, y por el brillo en sus ojos, él lo sabe.

—¿Esperabas que te pagara lo que pagaste?— se jacta. —Lo siento, cariño, no es así como funciona. Te pago lo que creo que vale, y lamento decirte que no es mucho. Tómalo o déjalo.— Su expresión se suaviza cuando quito las lágrimas de mis ojos. Él toma otro anillo para inspeccionarlo. —¿Qué pagaste por este?

—$ 6000—, digo, mi voz vacilante. Es el anillo que me dio mi padre cuando me gradué de la secundaria.

Él sacude su cabeza. —Eso es solo tirar el dinero. Podrías haber ido a otro lado y pagar una fracción del costo.

Respiro hondo, frustrada. No necesito este fanfarrón que me dé un sermón.

—Pero eso... bueno, eso podría valer algo...

Mi cabeza se levanta. Estoy tratando de no hacerme ilusiones, pero no puedo evitarlo. Sigo su mirada, confundido, porque él está mirando mi anillo. El de mi dedo. Es lo último que me queda de mi madre y algo que nunca consideraría vender. Lo cubro protectoramente y retrocedo. No hay forma...

No puedo, pero, ¿puedo?

Me trago el nudo en la garganta. No es que tenga muchas opciones. Es esto, o me muero de hambre.

—¿Cuánto cuesta?— Pregunto, tragando el nudo que se forma en mi garganta.

Me indica que se lo dé, así que lo deslizo de mi dedo y lo coloco en su mano. Me tiemblan los dedos cuando retrocedo, pero me obligo a seguir mirándolo mientras lo examina.

El tipo realmente se ve impresionado, algo que no pensé que fuera posible.

—Este es un diamante raro—, murmura, más para sí mismo que para mí.

—Lo sé—, digo, incapaz de mantener el tono frío fuera de mi tono. —¿Cuánto cuesta?— Repito.

Lo estudia y luego vuelve su atención hacia mí.

—¿Cuánto necesitas?

Corro algunos cálculos rápidos en mi cabeza. Solo necesito saber que los próximos dos meses están cubiertos, pase lo que pase. Entonces puedo averiguar lo que voy a hacer.

—Siete mil—, espeté.

Espero que se ría en mi cara, pero asiente. La rapidez con la que está de acuerdo me hace preguntarme si debería haber pedido más. Oh bien. Es muy tarde ahora.

—Está bien—, dice.

Alcanza su chequera.

—Hay una condición—, agrego, sintiéndome valiente. Él levanta las cejas, esperando que continúe. —No se puede vender.

—¿Disculpe?—, ríe. —Entonces, ¿por qué demonios lo compraría?

—Quiero decir, necesitas darme tiempo para volver a

comprarlo—, le digo en voz baja. —Todo lo que pido es unos meses.

—Treinta días—, ofrece finalmente. —Después de eso, todas las ofertas están cerradas. Puedo pensar en algunos coleccionistas que harán cola para quitarme a este bebé de las manos.

Acepto la oferta con un gesto. —Bien. Treinta días. Te prometo que volveré.

Él escribe el cheque y me lo desliza por el mostrador. Lo levanto y lo miro, la culpa me estrangula. No puedo creer que esté haciendo esto, pero sé que no tengo otra opción.

—¿Vas a quedarte aquí toda la noche estudiándolo, o vas a salir de aquí?

Salto al escuchar su voz, luego frunzo el ceño mientras se ríe. Apuesto a que no puede esperar para contarles a todos sus amigos sobre esto.

—Volveré por eso—, le prometo.

—No quieres saber cuántas veces he escuchado eso.— Él se ríe. —Todos me aseguran que volverán, y luego nunca los vuelvo a ver.

—Bueno, soy diferente—, afirmo con firmeza.

—Ajá

Aprieto mis manos en puños y camino hacia la puerta.

—¿Olvidas algo, cariño?

Me vuelvo Mis otras joyas todavía están derramadas sobre el mostrador. Mi cara se pone roja, me acerco y las recojo. Las guardo en mi bolso de camino afuera.

Espero hasta estar a salvo, paro al llegar a la vuelta de la esquina. Exhalando, me apoyo en la pared de ladrillo del edificio detrás de mí y parpadeo para contener las lágrimas. Estaré bien, tengo que. Pero incluso yo sé que este dinero no durará mucho. Necesito descubrir otra cosa, y rápido. Solo me queda una cosa que puedo pensar que aún no he probado.

Mi abuela.

∼

—¿Puedo ayudarte?

Suspiro ante la expresión sin emociones en el rostro de la criada de mi abuela, Fran. La señora me conoce desde que nací, pero cada vez que vengo aquí, me saluda de la misma manera, como si fuera una extraña llamando a la puerta y pidiendo donaciones. O caridad.

—Hola, Fran. ¿Está mi abuela aquí? — pregunto.

Ella me mira por un momento, su expresión en blanco. Asiente.

—Le preguntaré si te verá.

—Oh, corta la mierda, Fran—, digo con impaciencia. — Sabes muy bien que lo hará.

Aunque solo fuera para frotarme en la cara lo acertada que estaba con mi padre.

La abuela es la madre de mi madre, y aprovecha cada oportunidad que tiene para asegurarse de que sepa cuánto desaprueba todo lo que defiendo. Le hubiera encantado el hecho de que papá fue implicado por fraude. De hecho, no me sorprendería que ella lo denunciara.

Fran suspira, pero abre la puerta lo suficiente como para dejarme entrar. Miro a mi alrededor mientras caminamos por el vestíbulo, mis talones chasquean contra el piso pulido. Hace mucho frío aquí. Todo está tan impecablemente limpio que siento como mi presencia lo ensucia. Incluso la barandilla de la escalera es tan brillante que puedo ver mi reflejo en ella.

Echo un vistazo por la escalera al retrato de mi madre,

encerrada en un marco dorado de veinticuatro quilates. Un escalofrío me recorre mientras me imagino su anillo al cuidado de la casa de empeño. Cubro mi mano instintivamente, porque el su falta es el tipo de cosa que mi abuela notará, especialmente teniendo en cuenta que luchó contra mí con uñas y dientes por tenerlo después de que mi padre me lo dio. Era una herencia familiar del lado de la madre, y el padre pensó que era correcto que me la transmitieran después de la muerte de mi madre. La abuela, sin embargo, no estuvo de acuerdo.

—¿Vienes?

Miro hacia arriba, sorprendida, mientras Fran espera impaciente junto a la puerta que da al jardín.

—Puedo ir sola afuera—, le aseguro.

Antes de que ella pueda responder, estoy afuera y camino hacia donde está sentada mi abuela en los jardines. No me mira cuando me acerco, aunque sé que puede oírme venir. En cambio, finge estar absorta viendo a los cisnes discutir mientras flotan en su lago privado.

Sonrió torpemente cuando la alcanzo, moviéndome de un lado a otro mientras ella toma el mango de su taza de té y le da un sorbo con delicadeza antes de volver a colocarlo en su lugar. Toda mi confianza vuela por la ventana cuando estoy cerca de mi abuela. Ella es la única persona en el mundo que me hace sentir nerviosa e insegura.

—Valentina—, finalmente me reconoce. Sus cejas se arrugan con desaprobación al verme.

—Prefiero que me anuncien a mis visitantes antes de presentarse, pero como estás aquí...

Con un gesto me señala el asiento al otro lado de la pequeña mesa redonda de porcelana en la que está sentada. Me siento, descansando mis manos temblorosas en mi regazo mientras me relajo.

Ella es mi abuela. No debería sentirse tan forzada y antinatural, pero lo hace. Siempre lo ha hecho.

—¿Te gustaría una taza de té?— pregunta, su acento británico siempre presente. La abuela llegó a Savannah cuando era una niña pequeña, su padre era un comerciante de envíos del Viejo País que trajo sus negocios y riquezas a los estados.

Ella no espera mi respuesta; en cambio, llama a la criada, quien rápidamente me sirve una taza. Le agradezco y lo llevo a mis labios, aunque solo sea para aplacar a mi abuela. Si soy sincera, odio el sabor del té, pero sé que ahora no es el momento de comenzar esa discusión.

—Gracias—, le digo. —Te ves bien—, intento elogiarla.

Ella ríe. —No me veo bien en absoluto. Me estoy recuperando de un resfriado bastante desagradable que estoy segura de que será la muerte para mí.

Solo podemos esperar.

Me muerdo la lengua para disipar cualquier posibilidad de que lo diga en voz alta.

—De todos modos, estoy segura de que no estás aquí para hablar sobre mi salud— Ella me mira por encima del delgado cable de sus lentes de lectura. —¿Tendría razón al suponer que estás aquí por dinero?

Le doy una mirada indigente.

—¿No puedo pasar y ver cómo está mi abuela?— Pregunto.

—Puedes.— Ella me mira fijamente. —Pero no lo haces.

Quiero señalar que hay una razón por la que no la visito más a menudo, pero el argumento es discutible. ¿Por qué vendría aquí sin necesidad cuando me hacen sentir como una molestia? Problemática, incluso. No es ningún secreto que a ella no le gusta mi padre, o que me culpe por la muerte de mi madre. Muerdo mis palabras, porque confrontarla no me llevará a ninguna parte.

—Estoy aquí porque eres la única familia que me queda.

—Quieres decir que soy la única con dinero—, corrige. —¿Es una coincidencia que estés aquí días después de que encerraron a tu padre?.— Ella me asiente con la cabeza. —Sabía que no durarías mucho. Siempre pensé con la forma en que te criaron que ibas a convertirte en una joven muy absorta en ti misma. Y tenía razón. Sin embargo, supongo que no puedo culparte por los errores de tu padre.

No te ha detenido antes.

—Solo olvídalo—, le digo, poniéndome de pie. —Debería haber sabido que venir aquí fue una mala idea.

—Vamos, siéntate, Valentina—, dice ella, con los ojos en blanco. —Siempre fuiste especial para lo dramático. Te daré dinero. ¿Cuánto necesitas?

Mis orejas se erizan. ¿La estoy escuchando correctamente? ¿Me va a dar el dinero? ¿Es esta la misma mujer que me castigó por prestarle a Holly 500 dólares para cubrir sus libros de texto durante nuestro primer semestre de la universidad, después de que su cheque de matrícula llegara tarde? Mi abuela no simpatizaba porque, según ella, Holly debería haber planeado lo peor. Ella nunca ofrece ayuda sin esperar algo a cambio. Eso es lo que me preocupa.

—No te veas tan sorprendida—, me regaña. —Es por eso que viniste aquí, ¿no?

—Sí, pero no esperaba que dijeras que sí— Admito.

—¿Es tan malo que quiera que aprendas el valor del dinero?— resopla. —No crece en los árboles, sabes. Mi padre trabajó duro para construir la fortuna de nuestra familia, tu abuelo y yo trabajamos diligentemente para continuar con su negocio hasta su venta. Nunca estuviste destinada a nacer con una cuchara de plata en la boca, Valentina. Tu madre fue criada con la moral y la ética del trabajo, que desafortunadamente nunca te agradaron, al ver cómo tu padre dejó tu educación a las niñeras después del fallecimiento de tu querida madre.

Reprimo un gemido por su tono. Lo entiendo, realmente lo hago. Su fortuna es la suya y significa mucho para nuestra familia, pero no necesito un sermón en este momento. Ya me he golpeado lo suficiente.

—No, por supuesto que no—, digo.

Ella me sonríe. —Bueno. ¿Cuánto necesitas?

Me encojo de hombros Ni siquiera sé cómo responder eso. No es como si yo presupuestara.

—Podemos resolver los detalles menores más adelante. Habrá condiciones, por supuesto—, agrega.

Y ahí está.

—¿Qué condiciones?— Pregunto con cuidado.

Se sienta en su silla y me estudia por un momento, sus labios dibujados en una delgada línea. Me muevo impaciente, deseando que llegue al punto.

—No te preocupes, no es nada escandaloso,— me asegura. —Quiero que me des un nieto.

Me río. Solo mi abuela consideraría que un niño no es una petición escandalosa.

—¿Quieres que tenga un hijo, a cambio de tu dinero?— Repito lentamente.

¿Me está tomando el pelo? Espera, ¿que estoy diciendo? Mi abuela no sabría bromear.

—Así es, Valentina. Me das un nieto y te dejaré mi fortuna. — Ella se encoge de hombros, como si fuera así de simple.

—¿Sí?, ¿habrá otras condiciones?— tartamudeo.

—Por supuesto que las habrá. No solo quiero que mi

nieto venga a este mundo en un entorno familiar inestable. Mira lo que te hizo a ti— murmura, alzando las cejas.

Trago mis palabras y la dejo continuar.

—Demuéstrame que te has establecido—, ordena. —Búscate un hombre decente, comprométete, cásate y engendra un hijo.— Dice, estudiando mi reacción. —Muéstrame que has tomado las riendas de tu vida. Quiero creer que la influencia de tu padre no ha arruinado tu vida para siempre.

La miro, todavía en estado de shock.

—¿Cómo me ayuda eso ahora?— Finalmente pregunto.

Ella sacude la cabeza. —Ese es el problema con los niños de hoy. Siempre están pensando en el ahora. ¿Qué hay de tu futuro, Valentina?

Me paro. ¿Por qué me molesté en pedirle ayuda? Debería haber esperado algo como esto.

—Gracias por la oferta—, digo con rigidez. —Pero descubriré algo más.

—Cuando entres en razón, la oferta sigue en pie—, me grita. —Tengo la sensación de que nos veremos pronto.

No si tengo algo que decir al respecto.

Tan pronto como subo al auto, mi teléfono suena. Miro hacia abajo, casi aliviada cuando veo que es Holly. Ella vive para historias sobre mi abuela, así que sé que le va a encantar esto.

—¿Dónde estás?— me pregunta.

—Oh, ya sabes—, contesto con una sonrisa, —solo estaba visitando a mi abuela.

Holly se ríe. —Las cosas deben ser malas entonces.

—No sabes ni la mitad— suspiro.

—Lamento que estés pasando por esto, V. No es justo. Sin embargo, la vida apesta de esa manera. Mi hermano también está teniendo dificultades financieras.

—Hudson?— Pregunto intrigada. Prefiero centrarme en los problemas de otra persona que en los míos.

—¿Tengo otros hermanos?— responde.

—Tienes razón. Ser adulto es lo peor.

Las puertas de la casa de mi abuela comienzan a abrirse, lo que significa que alguien se va. No quiero arriesgarme a encontrarme con ella en este momento, así que me abrocho el cinturón y enciendo el auto.

—Hola, te llamo más tarde, ¿de acuerdo?

—Seguro. Y, ¿V? No te estreses. Siempre hay una respuesta.

Resoplo mientras lanzo mi teléfono en el asiento a mi lado.

¿No te estreses?

Fácil para ella decirlo. Es todo lo que he hecho desde que comenzó todo este desastre.

Me dirijo hacia el apartamento, la oferta de mi abuela se repite en mi cabeza. Ella lo hace sonar tan fácil. Encontrar un marido, tener un hijo, establecerme, con eso todos mis problemas de dinero se habrán ido. La parte más complicada es la búsqueda de un marido. Sé que es mucho dinero, pero ¿qué tipo va a aceptar un compromiso de por vida como tener un hijo?

Bueno, aparte de Hudson. La propia Holly dijo que era una buena opción. Claro, ella solo bromeaba, pero él podría estar lo suficientemente desesperado como para aceptar hacer esto conmigo.

Me detengo a un lado de la carretera y cojo el teléfono. Solo me toma unos minutos de acecho en Facebook antes de tropezar con su página de negocios. Estudio una foto de él parado frente a una casa a medio construir, que está a la vuelta de la esquina de donde estoy ahora. Está vestido con jeans gastados y una camisa tan ajustada que se aferra a sus músculos. Trago saliva mientras estudio su rostro. Esa mandíbula perfectamente cincelada y esos cálidos ojos marrones que parecen estar mirando profundamente en tu alma ...

Ciertamente podría ser mucho peor que Hudson.

Mi corazón se acelera cuando arranco el auto. ¿Qué tengo que perder conduciendo hasta allí y preguntándole si hará esto?

Lo peor que puede hacer es decir que no.

.

6

HUDSON

—Por el amor de Dios—, gruño cuando otra persona golpea la puerta de mi remolque. —¿Cuántas veces tengo que decirte que estoy ocupado? Vuelve más tarde.

Me he estado escondiendo aquí la mayor parte del día, tratando de descubrir cómo hacer que el poco efectivo que me queda se extienda. Estoy por encima de mis posibilidades, así que lo último que quiero en este momento es tener una pequeña charla inútil con alguien sobre cosas que realmente no importan. La manija comienza a girar de todos modos, así que me pongo de pie, mis puños cerrados por la frustración mientras me preparo para lanzarle un manotazo a quien cruce esa puerta.

La última persona que espero ver es Valentina.

Sus largos rizos rubios como la miel caen en cascada por su espalda en perfecto ritmo al balanceo de sus caderas bien proporcionadas. El vestido oscuro y sedoso que lleva puesto muestra sus curvas perfectamente, tanto que, por un segundo, me olvido de mi enojo y frustraciones y simplemente disfruto de la vista frente a mí.

—¿Interrumpo algo?— Ella levanta las cejas, el brillo en sus ojos se intensifica.

—No más que el resto—, murmuro.

Le hago señas para que entre y cierro la puerta detrás de ella, luego observo mientras camina hacia mi escritorio. Mi mirada baja al gran colgante de diamantes que descansa casualmente entre su escote.

Solo eso probablemente sea suficiente para librarme de toda mi deuda.

—Entonces, ¿querías algo?— Pregunto, frotando mi nuca. —Porque estoy un poco ocupado...

—Bueno, pregunté si estaba interrumpiendo—, me recuerda, un poco molesta. Supongo que también me molestaría si estuviera acostumbrado a que todo el mundo dejara todo por mí.

—Está bien—, le digo. —Estás aquí ahora. También podrías decirme por qué.

—¿Necesito una razón?— ella pregunta intencionadamente.

—Bueno, sí, más o menos. —Cruzo los brazos sobre mi pecho, desafiándola.

Ella me da una sonrisa. —Solo pensé que vería cómo te iba.

—¿Por qué?— Pregunto confundido. —Quiero decir, no es como si fuéramos amigos.

—Duro. Eres el hermano de una de mis amigas más cercanas, —responde con un puchero. —Eso nos hace amigos, ¿no?

—Supongo...

Siento que me he tropezado con una tercera dimensión, porque nada de esto tiene sentido. No hemos hablado en años y de repente está interesada en verme después de que literalmente nos encontramos en la calle el otro día. Tal vez ella está enamorada de mí. Tengo que admitir que no odio por completo la idea de que ella se enamore de mí. Hay cosas peores ... como estar en la ruina.

—Holly me dijo que estabas teniendo problemas de dinero, y pensé que tal vez podríamos ayudarnos mutuamente.

—¿Holly te dijo eso?

Estrecho mis ojos. Maldita sea mi hermana y su necesidad de interferir en mi vida. ¿Qué demonios le dijo? *Oye, no importa lo mal que te caiga la mierda, recuerda que es peor para otras personas. Aquí está mi hermano como ejemplo.*

—Tengo una propuesta para ti— anuncia.

—¿Una proposición?— Arrugo la frente. —¿Qué?

Sus ojos fijos en los míos, sus gruesos labios rojos se alzan en una sonrisa. Ella alisa la falda de su vestido, tomándose su dulce tiempo para llegar al punto. Justo cuando estoy a punto de pedirle que se vaya, ella comienza a hablar.

—¿Qué pasa si te digo que tengo una solución para nuestros dos problemas de dinero?

—¿Cómo, vendiendo algunas de tus joyas caras?— bromeo.

—No—, dice bruscamente, frunciéndome el ceño. —Y ya lo intenté,— susurra, sus mejillas sonrojadas.

—¿No pudiste conseguir un comprador?— Asiento a sabiendas. —No me sorprende. Nunca entendí cómo las chicas podían pagar tanto por un pedazo de mierda tan caro...

—Mira, si no estás interesado en escuchar lo que tengo que decir, entonces me iré. Tengo mejores cosas que podría estar haciendo que perder el tiempo contigo. —Ella se pone de pie, pero yo levanto mis manos en tono de disculpa. —Lo siento. Siéntate y cuéntame tu plan. Escucho. Estoy de mal humor...

—Bien,— murmura. —Bien, entonces fui a visitar a mi abuela. Ella me ofreció su fortuna... con algunas condiciones.

—¿Condiciones?— Repito, levantando mis cejas.

Valentina asiente, apretando los labios, pero no me mira a los ojos. Gimo por dentro.

Esto debe ser bueno.

—Ella quiere un nieto.

—¿Un nieto? —Repito, dejando escapar una carcajada. No estaba esperando esto. —¿No puede conseguir un cachorro?

Valentina me mira expectante, su expresión nerviosa.

Y luego se me ocurre.

—Espera, ¿estás sugiriendo lo que creo que haces? ¿Quieres que tenga un hijo contigo? ¿Esa es tu solución?

—Pensé que podrías ser un poco más de mente abierta teniendo en cuenta que esto podría solucionar nuestros problemas,— responde.

Resoplo ruidosamente. Ella no puede estar pensando seriamente que esta es una opción viable, ¿verdad?

—Gracias por la oferta, pero creo que pasaré. Haz lo quieras, sin embargo. Estoy seguro de que serás una gran mamá.

Ella entrecierra los ojos, como si la hubiera ofendido. ¿Realmente esperaba que saltara ante la idea?

—Tal vez deberías tomarte un tiempo para pensarlo.

—¿En qué hay que pensar?— Honestamente, me divierte que no se haya dado cuenta de que realmente no me gusta la idea de estar atado por los próximos dieciocho años. —Toda la idea es ridícula. Incluso si pudiera superar el hecho de que ni siquiera estoy seguro de querer tener hijos, ¿cómo podría ser un buen ambiente para traer a un hijo? No somos una pareja... demonios, ni siquiera somos amigos, Valentina. La única razón por la que quieres esto es para financiar el estilo de vida superficial al que te has acostumbrado. ¿Cómo es eso saludable?

—¿Cómo te atreves a juzgarme? No sabes nada de mi vida ni de cómo me siento,— ella responde enojada, con ira ardiendo profundamente en sus ojos. —¿Sabes qué? Olvida que incluso pregunté.

Ella camina hacia la puerta, cerrándola detrás de ella.

Suspiro y camino hacia mi escritorio, dejándome caer frente a mi computadora portátil. Las cifras atrasadas me miran acusadoramente, como si me estuvieran burlando de dejar pasar la oportunidad de salir adelante. Tal vez fui demasiado rápido en despedirla. Cuanto más lo pienso, menos indignante parece. No puedo negar que me estoy desesperando.

Podría haber jodido mi única salvación.

Más tarde esa noche, me siento fuera del apartamento de Valentina, tratando de reunir el coraje para caminar hasta allí y hablar con ella. He estado yendo y viniendo todo el día. No sé qué es lo que hay que hacer aquí. Todo lo que sé es que voy a joder a mucha gente si no hago algo rápidamente. Al salir de mi camioneta, troto por la carretera y entro al vestíbulo. El guardia de seguridad me mira con recelo y luego me llama.

—¿Puedo ayudarte?— él pide.

—Uh, sí. Estoy aquí por Valentina. Ella está en el penthouse,— le digo. —Me está esperando. Me llamo Hudson.

Marca algunos números en el teléfono y luego espera, sus ojos no me dejan.

—Sra. Rossi, tengo a alguien aquí que dice que usted

está esperando. ¿Un tal Hudson creo? Sus ojos se encuentran con los míos, pero no revela nada. —Bueno. Sí. Ciertamente.

Espero mientras coloca cuidadosamente el teléfono en su base, antes de que finalmente me acepte.

—Puedes subir.

Todavía estoy dudando de mí mismo mientras viajo en el elevador hasta el nivel superior.

Si estoy de acuerdo con esto, entonces tengo que seguir adelante. No puedo faltar a mi palabra. Al menos, no sin parecer un interesado. ¿Estoy listo para esto? Traer un niño al mundo es un gran problema. ¿Qué sucederá cuando sea mayor y se dé cuenta de que solo fue concebido para que podamos tener en nuestras manos la fortuna de la abuela de Valentina? Me lo quito de la cabeza. No va a ser un problema. Estoy seguro de que amaré a cualquier hijo que tengamos incondicionalmente.

Valentina responde casi de inmediato cuando llamo a su puerta y me invita a entrar. Miro a mi alrededor, impresionado por lo agradable que es su lugar. No es solo el apartamento tampoco. Es todo, desde la obra de arte hasta el mobiliario. Incluso el diseño se realizó con reflexión y consideración.

—¿Estás aquí para la segunda ronda?— ella pregunta, en un tono cortante.

—No, en realidad estoy aquí para disculparme.

Mi respuesta genera una reacción. Pero tan rápido como baja la guardia, la vuelve a subir.

—¿Por qué estás realmente aquí?— pregunta, sin comprarlo.

—¿Tú oferta sigue en pie?

Me frunce el ceño, como si estuviera intentando determinar si lo digo en serio.

—¿Por qué el cambio de idea?

—Porque no tengo otras opciones—, me sincero. —Es esto, o estoy acabado.

Ella asiente con la cabeza, formando una pequeña sonrisa en sus labios.

—Bien. Entonces, ¿cuál es el trato? —Pregunto, aun tratando de entenderlo todo. —¿Tenemos un hijo y nos casamos?

Vuelve a gesticular un sí. —Haré que mi abogado redacte un contrato, pero sí. Nos casamos y tenemos un hijo. El dinero se vuelve nuestro cuando fallezca mi abuela.

Ella hace una mueca ante eso. No la culpo. Es bastante mórbido que estemos sentados esperando que la anciana muera.

—Pero ¿cómo me ayuda esto ahora?— Pregunto. —Con respeto, tu abuela aún podría estar viva en diez años.

—Le diría que la única forma en que estoy de acuerdo es si podemos estar seguros de una asignación. Ella no puede esperar que criemos a un niño sin dinero, así que estoy segura de que estará bien.

—Bien entonces.— Murmuro, mis ojos se encuentran con los de ella. —Creo que vamos a tener un bebé.

—Supongo que sí,— ella está de acuerdo, su expresión es una mezcla de anticipación y miedo.

¿En qué demonios me estoy metiendo?

7

VALENTINA

—¿Un especialista?— Hudson pregunta con una expresión de desconcierto en su rostro. —¿Por qué?

—Porque creo que es una buena idea,— respondo.

Desbloqueo la puerta y entro, arrojando mi bolso y las llaves sobre el mostrador de la cocina. Hudson me sigue y cierra la puerta detrás de él.

Es el día siguiente. Después de una larga y prolongada conversación con mi abuela donde le dije que había decidido aceptar su oferta, llegué a casa para encontrar a Hudson esperándome afuera de mi edificio. Había planeado llamarlo de todos modos, así que lo invité. No había contado con que veamos a un especialista siendo tan importante.

Lo invito un trago, el acepta, así que tomo dos botellas de agua del refrigerador y le arrojo una.

—¿Necesitas a alguien que te explique cómo funciona esto?— Desenrosca la tapa y toma un sorbo. —Porque puedo dibujarte un diagrama si quieres. O hago un baile interpretativo bastante bueno explicando la logística de mí poniendo mí,..

—Realmente piensas que es tan fácil como ... bueno, ¿eso?— Replico sonrojada.

—Fue por los otros cinco hijos ilegítimos que he engendrado—, dice encogiéndose de hombros.

—¿Estás bromeando?— le pregunto con la mirada fija, hasta que sus fuertes risas resuenan en mi departamento.

—Jesús, relájate, Valentina, por supuesto que sí. Te prometo que este será mi primer hijo. Bueno, que yo sepa.

Lo fulmino con la mirada. —Si crees que esto es un...

Levanta las manos en señal de rendición. —Está bien, lo siento, me detendré con los chistes. Solo creo que te estás preocupando por nada.

—Noticia de última hora, Hudson— Me concentro en sus ojos para evitar su sonrisa seductora. Lástima para mí, son igual de intoxicantes. —Me sorprendería que suceda tan rápido. Millones de parejas reciben tratamiento de fertilidad para ayudarlas a quedar embarazadas.

—Claro, pero la diferencia es que la mayoría de ellos lo intentan primero—, señala, y el humor desaparece de su expresión. —Mira, sé que estás preocupada, y dadas las circunstancias, no quieres perder el tiempo, pero todo lo que digo es que esperemos unas semanas y veamos cómo nos va. Si trabajas sobre esto, entonces será más difícil de todos modos. Además, ningún especialista realizará un montón de pruebas cuando ni siquiera lo hemos intentado.

—Lo harán si les pago lo suficiente—, murmuro.

De su rostro sale una mueca, una sonrisa torcida. —¿Pagarles con qué dinero exactamente? Estás en quiebra ¿Recuerda? Ambos lo estamos. Confía en mí esta vez. Si te hace sentir mejor, podemos practicar todo el día y toda la noche.

—Lo que me hará sentir mejor es si empiezas a tomar esto en serio,— respondo, apretando los dientes.

—Me lo tomaré en serio, lo prometo. —Me guiña un ojo y yo gimo.

—Confía en mí, tener sexo contigo es solo un medio para un fin—, le aseguro.

—Apuesto a que le dices eso a todos los hombres,— bromea.

Me froto las sienes, una migraña que amenaza con invadir mi cabeza. Necesito calmarme antes de romper un vaso sanguíneo, pero algo me dice que no habrá relajación hasta que Hudson se vaya. Apenas ha estado aquí cinco minutos, y ya estoy harta del él. ¿Cómo voy a durar todo un embarazo con él, y mucho menos un matrimonio?

—Te ves estresada,— comenta.

Le frunzo el ceño. —Si estoy estresada, es porque me estás estresando.

—Tal vez necesites relajarte—, sugiere, agachándose para cubrirse mientras le tiro una revista. —¡Vaya!, realmente estás de mal humor. ¿Estás segura de que no estás ovulando?

—¡Hudson!— grito, a pesar de que podría estar en lo cierto. —Mira, lo entiendo. Crees que estoy exagerando. Pero, ¿y si no lo estoy? —Pregunto. —Ir a ver a alguien me hará sentir mejor. Eso solo debería hacer que valga la pena hacerlo,— digo. —Pero tal vez debería ir sola.

¿Por qué tiene que ser tan irritante?

La verdad es que estoy nerviosa. No se trata solo de quedar embarazada, sino de todo lo demás. Mi madre tuvo muchos problemas para quedar embarazada conmigo. Incluso abortó dos embarazos antes de que yo apareciera. No estoy segura de poder hacer frente a todo esto, solo para perder el embarazo. Al menos hablar con un especialista me haría sentir que estamos en el camino correcto. Prefiero estar segura que pasar meses intentando no llegar a ninguna parte.

—No—, dice con un firme movimiento de cabeza. —Si vas, entonces yo también. Estamos juntos en esto, ¿verdad?

¿Estamos? Estoy empezando a preguntarme.

—Está bien, bien—, le digo en su lugar.

—Bueno. Entonces, ¿cuándo es esta cita?

Le doy una sonrisa tímida. —Es esta tarde. A las tres.

—¿A las tres hoy?— él repite, dejando escapar un silbido. —Vaya, realmente no pierdes el tiempo. ¿Cuándo me ibas a decir?

Para ser honesta, no estaba segura de si debía decirle, pero antes de evaluarlo ya se encontraba esperando afuera de mi departamento. Me había imaginado que las citas eran el tipo de cosas que estaría haciendo por mi cuenta.

¿No es así como funciona con las parejas en la vida real?

—Está bien, entonces supongo que mejor nos vamos—, murmura.

Lo sigo hacia su camioneta y espero que me abra la puerta. Entro y me abrocho el cinturón, el aroma de su crema de afeitar me envuelve mientras se sube al asiento del conductor y enciende el motor. Respiro, suspirando mientras un escalofrío me recorre la espalda. Miro por la ventana solo para darme algo más en lo que centrarme que no sea Hudson.

Es solo la crema lo que me atrae. No él.

Sigo diciéndome eso, porque soy lo suficientemente inteligente como para saber que desarrollar sentimientos por Hudson sería una mala idea. Cualquier signo de sentimiento, necesito empujarlo lo más profundo que pueda. El problema es, ¿por cuánto tiempo puedo hacer eso? Si hacemos esto, nuestra relación nunca terminará. Tener un hijo nos entrelazará en la vida del otro para siempre.

—¿Estás bien?

Giro la cabeza y le sonrío.

—¿Qué? Por supuesto. ¿Por qué?— Hablo demasiado rápido.

—Porque he estado hablando contigo durante los últimos minutos y no has escuchado una palabra de lo que dije. Haces mucho eso, en realidad,— señala.

—Yo también te escuché,— argumento, a pesar de que tiene razón. No tengo idea de lo que dijo.

Por alguna razón cuando se trata de Hudson, siento la necesidad innata de discutir, no importa si estoy en lo correcto o no. Sin embargo, no solo es él. Es todo. Mi mente está constantemente en marcha, porque tengo mucho de qué preocuparme. He tenido muchas cosas en mente entre esto con mi padre y mi vida en ruinas.

—Está bien, entonces, ¿qué estaba diciendo entonces?— Me desafía.

Mi cerebro se encoje y me quedo en blanco.

—Bien,— admito. —Quizás no estaba escuchando, pero eso no es porque estaba distraída. Te encuentro muy aburrido.

—Es curioso, yo diría lo contrario de ti. El entretenimiento es interminable,— se burla.

Me paso el cabello sobre el hombro, decidiendo tomar eso como un cumplido.

—Entonces, ¿qué es lo que estabas tratando de decirme?

Hago mi mejor esfuerzo por parecer desinteresada, aunque ahora tengo curiosidad.

—Verdad. Estaba preguntando dónde es la cita.

—Cierto. Supongo que sería información útil, —admito.

—O podríamos conducir en círculos todo el día, ya sabes, ya que te aburro y todo.

Pongo los ojos en blanco, ignorando el golpe, y lo dirijo a

la clínica, que está a solo unas cuadras de distancia. Se las arregla para encontrar un espacio de estacionamiento, casi justo al frente.

—¿Cómo es eso de la suerte?— Me guiña un ojo, con su sonrisa coqueta que se extiende de oreja a oreja.

Pongo los ojos en blanco por lo orgulloso que está de él, y luego me doy cuenta de que es probable que los dañe debido a la frecuencia con la que me obliga a reaccionar así.

—Sí, bueno, esperemos que no hayas usado toda nuestra suerte en esto.

Salgo y cierro la puerta con un portazo, luego entramos y nos acercamos al mostrador de recepción. Mi abuela me había dado el número de una especialista, hijo de una amiga suya. Cuando llamé me dijeron que había una cancelación. Estoy seguro de que no fue una coincidencia que me encontraran una cita al mencionar el nombre de mi abuela.

—Hola, soy Valentina Rossi. Tengo una cita a las tres de la tarde con la doctora Meadows.

—Es un placer conocerte, Valentina. Soy Christy, una de las enfermeras aquí. Tendré que completar el paquete de registro de pacientes.— Me entrega un portapapeles lleno de hojas y un bolígrafo, luego coloca una taza de muestra frente a Hudson. —¿Y tú debes ser el papá?

—Hudson—, confirma, ignorando el comentario de papá.

—Si me siguen, pueden obtener la muestra mientras la señorita Rossi se registra.

—¿Necesitas una muestra de orina?— Él mira la taza y luego a la enfermera, confundido.

Christy me da una sonrisa llena de lástima, sin duda se pregunta qué estoy haciendo con un tipo como él. Es curioso, estoy empezando a preguntarme lo mismo.

—No. No de orina.

La confusión desaparece y la cara de Hudson se contorsiona cuando hace clic sobre lo que está hablando. Él mira a su alrededor, esa sonrisa demasiado familiar se forma en su boca. Reprimo un gemido, porque estoy temiendo cualquier comentario inteligente que esté a punto de salir de esos labios.

—¿Quieres que lo haga aquí?— Se frota la mandíbula suavemente y le da a la enfermera una sonrisa maliciosa. —Está bien, pero necesitaré un poco de material para calentarme.

Mis ojos se abren con horror cuando él alcanza su hebilla del cinturón.

Él no lo haría, ¿verdad?

Espera, ¿qué estoy diciendo? Estamos hablando de Hudson. Vive por momentos como estos.

—No en la sala de *espera,*— sisea Christy, sus mejillas sonrojadas. —Tenemos una sala especial que está más que equipada con las instalaciones que necesitará para hacer el trabajo.

—Ah ya veo, cierto. Lo siento. —Sus labios se contraen hacia arriba. —Entonces, ¿proporcionan todo? — pregunta.

—¿Qué quieres decir con— todo?— ella replica, frunciendo el ceño hacia él.

—Hudson,— siseo.

Estoy bastante segura de saber a dónde va esto, pero él finge no escucharme. Me escabullo del escritorio, alejándome de él.

Sí, definitivamente asistiré a estas citas sola en el futuro.

—Quiero decir, ¿atienden a todos?,— repite. —Ya sabes, la gente que se mete en cosas realmente extrañas, como chuparse los dedos de los pies o porno de payasos.

—¿Payaso porno?— ella repite, su cara palidece.

El asiente. —Confía en mí, existe. Todo existe en Internet. Te prometo que no puedes nombrarme una sola cosa que no se haya convertido en porno. Y si hay pornografía de eso, entonces seguramente habrá alguien que se la baje.

La pobre Christy lo mira boquiabierto, mientras que otros miembros del personal luchan por contener su diversión. Me mira y me guiña un ojo, como si estuviera muy orgulloso de sí mismo. Le devuelvo la mirada y entrecierro los ojos, aunque me divierte un poco. O al menos lo estaría si le estuviera sucediendo a alguien que no sea yo.

—Nunca hemos tenido a nadie que no pueda completar el trabajo debido a la falta de estimulación visual,— le asegura Christy, finalmente encontrando su voz.

—Estoy seguro de que estaré bien. Tengo material más que suficiente aquí para hacer el trabajo—, dice, sosteniendo su teléfono mientras retrocede por el pasillo en dirección a la habitación. —Entonces te daré esta muestra, ¿de acuerdo?

—Lo siento mucho—, le murmuro a la enfermera mientras me mira sorprendida.

—No lo hagas—, me asegura. —Siento que debería ser yo quien sienta pena por ti.

Me siento al lado de una mujer que trata de calmar a su bebé que llora, mientras trata de evitar que su hijo corra por la sala de espera. Se inclina hacia adelante para sacar algo de la bolsa de pañales que cuelga de la parte trasera del cochecito, lo que hace que se desequilibre.

—Aquí, déjame ayudarte,— le ofrezco, poniéndome de pie.

—Gracias,— me da una mirada agradecida mientras sostengo el cochecito.

—Son muchas cosas— murmuro, más para mí que para ella.

—Y esto es solo para una excursión de un día,—

bromea. —Tuve que actualizarme a un SUV solo para adaptarlo a todo.

Oh, mierda. Mi coche.

¿Cómo diablos voy a colocar un bebé en mi Fiat, a menos que lo amarre al maletero?

Echo un vistazo alrededor de la habitación y contemplo los vientres redondeados de las futuras madres, los bebés que gritan, sujetados entre malabares por mujeres agotadas, y un millón de otras que no había considerado. Me siento hacia adelante, las náuseas se apoderan de mí. El auto es el menor de mis problemas.

No menos de cinco minutos después, Hudson vuelve a salir. Se sienta a mi lado y me guiña un ojo.

—Así de rápido, ¿eh?— Le levanto las cejas. —No me estaría jactando de eso.

—Oye, estaba agachado en una habitación pequeña, escuchando los sonidos de hombres gruñendo en las habitaciones a mi lado,— protesta. —Tienes suerte de que logré obtener algo.

—Todo lo que escucho son excusas—, bromeo, sonriéndole.

—¿Cómo es que tengo que hacer todas las pruebas y tú puedes sentarte sin hacer nada?— se queja. —No es justo.

—¿En serio?— Me reí, mirándolo con incredulidad. Nunca sé si habla en serio o no. —¿Qué tal el hecho de que tengo que sufrir un embarazo y luego expulsar a este niño? ¿Todavía quieres decirme que estás obteniendo un trato injusto?

—Tienes un buen punto,— reconoce. —Mantén tus bragas puestas. —Entonces, — añade, —vas con un parto natural, ¿eh? Interesante,— reflexiona mientras respondo afirmativamente.

—¿Y por qué es tan interesante?— Chasqueo, claramente irritada.

Él se encoge de hombros. —Imaginé que todas las mujeres ricas tenían cesáreas.

—Eres mucho más atractivo cuando mantienes esto cerrado,— agito mi dedo índice alrededor de su boca, —cállate. —Sé que solo trata de sacarme algo, pero algunas de las cosas que salen de allí realmente me sorprenden.

—¿Qué?, es verdad.

Sacudo la cabeza. —Lo siento, pero creo que encontrarás que el número de nacimientos naturales supera con creces las cesáreas, incluso entre las mujeres con dinero. —Me detengo por un momento. —Del que, para que conste, tengo muy poco en este momento. Voy a tener a este niño como me lo pidan. ¿Podemos hablar de algo más? —Agrego, sintiéndome mareada de repente.

No he pensado mucho en cómo saldrá nuestro hijo y no quiero comenzar ahora. Toda la idea del parto me aterroriza.

—Seguro. Supongo que podríamos hablar de arreglos de vivienda.

—¿Qué quieres decir?— Pregunto. —¿Quieres vivir juntos?

—¿No te parece lógico?, con todo el asunto del niño y el matrimonio,— sugiere.

Mi ceño se profundiza. Para ser honesta, tampoco lo pensé mucho.

Aparentemente hay muchas cosas que realmente no he considerado.

Una cosa es segura: no voy a renunciar a mi apartamento. Tampoco he sido alguien que disfrute compartir mi espacio con otros, así que no estoy segura de que mudarse sea una opción viable. A veces, cinco minutos de Hudson es demasiado. ¿Cómo manejaría vivir con él? Estoy bastante segura de que lo asesinaría.

—Puedo decir por tu silencio que estás emocionada con la idea de vivir conmigo— Me dice sarcásticamente. —Siento que debería ofenderme.

—No es eso, —argumento, a pesar de que tiene razón. No estoy descartando la idea. —Es que no estoy acostumbrada a vivir con nadie más. No lo tomes como algo personal.

—Acabas de mudarte de la casa de tu padre el año pasado, —señala. —El ajuste no debería ser tan difícil.

—No es que mi padre haya estado realmente cerca—, digo, poniendo los ojos en blanco. —Bien podría haber estado viviendo sola. ¿Y cómo sabes cuándo me mudé?

No es lo suficientemente interesante como para que Holly se lo haya dicho. Antes de que pueda responder, el médico me llama. Me pongo de pie con un salto, contenta por el cambio de tema. Hablar sobre la logística de todo, por muy necesario que sea, está empezando a ponerme muy nerviosa.

Hay mucho en qué pensar, tantas cosas que no he considerado podrían ser un problema, incluso antes de llegar a la parte en la que sale el bebé. Estoy empezando a pensar que tal vez esto no va a ser tan fácil como pensaba.

Seguimos a la enfermera a la sala de examen, donde nos deja solos para esperar al médico. Cuando el médico ingresa unos segundos después, me sorprende lo joven que es. Por alguna razón, esperaba una mujer tensa y mayor, cuya personalidad reflejara la de mi abuela. Ella, después de todo, la recomendó.

—Encantada de conocerlos a los dos. —Su sonrisa es amplia y genuina, y al instante me tranquiliza. —Soy la doctora Meadows. ¿Eres Valentina Rossi?, —ella pregunta y yo asiento. —Tu abuela es una mujer encantadora y amable.

¿Lo es?

—Lo es,— le digo, aunque no estoy completamente segura de estar de acuerdo. —Gracias por vernos en tan poco tiempo. Tengo suerte de que haya tenido una cancelación.— Todavía no creo que hubiera una, pero sigo el juego. —Este es mi compañero, Hudson. —Sus ojos se encuentran con los míos justo cuando el término compañero sale de mi lengua.

—Es un placer conocerlos a los dos. Bien, entonces estás tratando de tener un bebé. ¡Qué emoción!, —dice, leyendo nuestras notas. —¿Han estado intentando mucho tiempo?

—Unos pocos meses.

—No tanto. —Hudson me interrumpe.

La doctora nos mira. —Bueno, por suerte para ti, hay muchas posibilidades de que ambos sean muy fértiles; son jóvenes, en forma y saludables. No hay razón para creer que no quedarías embarazada naturalmente en unos pocos meses.

—¿Puede repetir eso, Doc? Quiero grabarlo para poder reproducírselo a Valentina la próxima vez que se asuste conmigo, —pregunta Hudson, con el teléfono en alto.

Mi ira aumenta. Sabía que dejar que viniera conmigo era una mala idea.

—Lo entiendo, probablemente estoy siendo tonta, pero solo quiero asegurarme de que tengamos la mejor oportunidad posible de que ocurra lo más rápido posible. —¿Está segura de que no hay nada que pueda hacer para ayudarlo? — Me concentro en la doctora, ignorando el resoplido audible de Hudson. —¿Como tomar una pastilla o algo así?

—Valentina, no sucede de inmediato para muchas parejas. Eso no necesariamente indica un problema. La mayoría de las veces cuando las mujeres se relajan, les sucede. Lo único que te preocupa es que sea más difícil y tensa tu relación.

Una punzada de decepción me golpea. Me imaginé que todo lo que tenía que hacer era preguntar y ella me lanzaría pruebas, sin decirme que me relajara y dejara que sucediera. La peor parte es que ni siquiera necesito mirar a Hudson para saber que tiene una expresión de suficiencia.

Dios, odio cuando tiene razón.

—Entonces, ¿me está diciendo que no hay forma de acelerar esto?— Ahora me estoy desesperando y siento que me estoy repitiendo, pero no puedo evitarlo. —Simplemente no quiero perder mi tiempo si no va a suceder.

—Puedes ver por qué estoy con ella. Es muy romántica. — Hudson dice, irónico.

Le lanzo una dura mirada. —Disculpa por no querer perder el tiempo.

—¿Cuál es la prisa?— pregunta la doctora, frunciendo el ceño mientras mira de mí a Hudson. —¿Estás tratando de trabajar mientras tienes hijos? ¿Es eso?

—No, a menos que gastar dinero sea una carrera,— dice Hudson.

—¿Te callas?

—Está bien, esto es lo que haremos.— La doctora levanta la mano para silenciarnos a los dos. —Valentina, haré algunos análisis de sangre para rastrear tu ovulación, y revisaremos la muestra que Hudson proporcionó para asegurarme de que su esperma esté sano. Entonces tendrás una ventana para darte la mejor oportunidad de concebir. ¿Como suena eso?

—Bien,— afirmo aliviada. Por fin siento que estoy llegando a alguna parte. —Gracias de nuevo,— le digo a la doctora, mientras todos nos ponemos de pie. —Sé que probablemente parezca un desastre hormonal e inestable.

—No, suenas como casi cualquier otra madre esperanzada a la que he ayudado,— responde, dándome una palmadita tranquilizadora en la espalda. —La clave no es preocuparse hasta que haya algo de qué preocuparse. Y hay otra clave para que esto funcione de la mejor manera posible.

—¿Cuál es?— Le pregunto, revisando las posibles respuestas en mi cabeza.

—Relajarse.— Ella mira a Hudson. —Y tú. Deja de enrollarla.

—Pero lo hace tan fácil, — protesta mientras salimos.

Mientras nos dirigimos al mostrador de recepción, rechazo repetidamente sus intentos de sostener mi mano.

—¿Vas a parar eso?,— expreso, finalmente fuera de mis cabales.

—Solo estoy tratando de ser el compañero y apoyo que la buena doctora me dijo que fuera.— Me mira, su comportamiento cambia a serio.

—Vamos a dar un paso a la vez—, sugiero, sin querer admitirle que me siento mejor.

—Oye, esa es una buena idea. Toma las cosas como vienen. Suena exactamente como lo que dije, ¿eh?

—No siempre tienes que tener razón, sabes,— resoplo, incapaz de mantener el tono irritado fuera de mi voz. Es como si se esforzara para tratar de fastidiarme.

—Sin embargo, no importa cuánto intente no estar en lo correcto, todavía lo estoy,— dice encogiéndose de hombros. —A veces es difícil ser tan bueno.

—Cálmate, Zoolander,— murmuro, caminando por el pasillo. —¿Qué crees que estás haciendo? —Siseo cuando siento su mano rozar mi trasero. Me doy la vuelta y lo fulmino con la mirada.

Él se encoge de hombros, sus ojos parpadean. —¿Juegos previos?

Pongo los ojos en blanco y salgo hacia la sala de espera. Justo cuando cojo a la vuelta de la esquina, choco con alguien. Miro hacia arriba, listo para disculparme, pero luego veo quién es.

Me congelo, porque es Amanda.

Mi prima.

8

HUDSON

—¿Me estás tomando el pelo?— Valentina sisea.

La miro sorprendido mientras de sus ojos salen dagas, dirigidas a la mujer con la que casi choca. Al principio creo que está molesta porque alguien tuvo el descaro de interponerse en su camino, pero luego me doy cuenta de que es más que eso. Se conocen.

—Valentina—, suelta la mujer, una mirada desagradable sale de su rostro muy maquillado. —Que extraño encontrarte aquí de todos los lugares. Déjame adivinar. ¿Abuela?

La mirada en los ojos de Valentina se vuelve aún más fría a medida que endurece su columna vertebral. Se pasa el pelo por el hombro y coloca la mano en la cadera. Ninguna de las dos parece dispuesta a retroceder y ceder ante la otra. No estoy seguro de cuál es la historia de fondo aquí, pero tengo la sensación de que no hay amor perdido entre ellas.

—No tengo idea de lo que estás hablando,— Valentina corta en un tono helado.

La mujer me mira y luego regresa a Valentina, con los ojos entrecerrados de alegría.

—¿Y quién es este? ¿No me vas a presentar?— ella pregunta.

Valentina me mira como si acabara de recordar que estaba allí.

—No. No lo haré, — responde ella.

—Bien, entonces lo haré yo mismo— Dando un paso adelante, empujando su mano delgada y perfectamente cuidada en la mía, ella me lanza una sonrisa. —Soy la prima de Valentina, Amanda. ¿Encantada de conocerte...?— Su introducción es más una pregunta que una declaración, dejándome pocas opciones más que responder.

—Hudson,— le digo, ignorando la mirada asesina que Valentina me está dando.

La sonrisa de Amanda se ensancha. —Hudson. Encantador. Y disculpa mi ignorancia, pero ¿están ustedes dos...? — se mueve entre nosotros, —¿aquí juntos?

Valentina interrumpe. —Eso no es ignorancia; es simplemente grosero. Casi no es asunto tuyo por qué estamos aquí. De todos modos, por mucho que me encantaría continuar con esta charla, tenemos que ir a un lugar. —Valentina me mira. —¿No es así?

—Correcto,— repito.

Incluso yo sé mis límites.

Valentina me agarra de la mano, arrastrándome hacia la salida.

—Bueno, es obvio quién es el jefe en esa relación,— susurra Amanda detrás de nosotros.

Tengo la sensación de que no se refiere a mí.

Valentina deja escapar un gruñido bajo mientras empuja la puerta y se acerca a mi camioneta. Se pasa la mano por el pelo largo, luciendo visiblemente molesta mientras camina de un lado a otro frente a mí.

—¿Tu prima?— Supongo.

Ella asiente, su boca presionada en una delgada línea.

—¿Y ustedes dos no se llevan bien?— Vuelvo a inquirir.

—¿Fue tan obvio?— musita, sus ojos oscuros parpadean.

—¿Podemos irnos? ¿Por favor?

Ella espera, con las manos en las caderas, golpeando con impaciencia su pie contra el pavimento cuando presioné el botón de desbloqueo. Camino y me deslizo detrás del volante del conductor, pero me niego a llevarla a cualquier parte hasta que me hable. Me mira, su expresión es dura.

—¿Estamos sentados aquí por una razón?,— gruñe.

Me encojo de hombros y me acomodo en mi asiento, poniéndome cómodo. —Solo estoy esperando que me digas lo que está pasando. Luego te llevaré a donde quieras ir .

—¿Qué quieres decir con lo que está pasando?— Valentina me mira fijamente, su estado de ánimo se deteriora a cada segundo. —Me encontré con mi prima y ella me puso de mal humor. Fin de la historia.

—Mierda. Hay más que eso.

Ella suspira, mirando a través de la ventana, las lágrimas brotan de los ojos. Se las limpia y respira hondo.

—No es nada. Bueno, nada importante de todos modos.

—Entonces, ¿por qué estás casi llorando?— Pregunto gentilmente, —¿Y qué quiso decir con un poco de competencia saludable?

—Creo que necesito hablar con mi abuela, murmura.

Espero mientras ella busca en su teléfono en el bolso. No tengo idea de lo que está pasando, y escuchar la llamada entre ella y su abuela me confunde aún más. Desde el primer intercambio, es obvio que su relación es complicada.

Mis propios abuelos murieron antes de que yo naciera, así que nunca pude experimentar toda esa relación con ellos, pero si lo hubiera hecho, puedo asegurar que no hubiera sido así.

—No estarás hablando en serio,— grita Valentina, golpeándose contra el reposacabezas. —Si. Lo sé, pero sería útil saberlo antes de que yo... —Su voz se apaga, me mira y luego desvía su mirada. —Bueno. Bien. Adiós.

Suenan las campanas de alarma en mi cabeza. Ella vuelve a colocar su teléfono en su bolso.

Pensé que la herencia era un trato hecho. Todo lo que tenía que hacer era quedar embarazada, pero estoy empezando a pensar que hay más. Espero con impaciencia a que me explique qué diablos está pasando. Ella se encoge de hombros, como si no estuviera segura de qué decir.

—¿Quieres explicarme qué sucede?,— pregunto.

—Realmente no. —Responde, suspirando mientras se masajea las sienes. —Fue una mala idea.

—Esto se ha convertido en una competencia entre tú y tu prima, ¿no?— Pregunto, atando lentamente los cabos sueltos lo mejor que puedo.

Ella asiente, su labio tiembla como si las reservas de agua estuvieran a punto de ser puestas en marcha.

—¿Y qué pasa si ambas quedan embarazadas?— Pregunto.

Ella mira sus dedos inquietos y se encoge de hombros, sus hombros encorvados hacia adelante.

—Creo que todo se reduce a quién tiene un bebé primero.

—Vaya,— afirmo, sorprendido. —Tu abuela es una vieja perra sádica.

—¡Oye!— Valentina ladra, con los ojos brillantes. Por un segundo abre la boca, pero vuelve a cerrarla. —No, tienes razón. Lo es. —Contesta con incertidumbre. —Entonces, ¿esto cambia las cosas para ti?

Pienso mucho en eso. ¿Cambia las cosas? Si. Lo cambia todo. Podría terminar con un niño y estar en una situación peor de lo que estoy ahora. No quiero sonar como un imbécil superficial, pero escuchar que esto ni siquiera está garantizado es un poco incómodo para mí.

—No estoy seguro,— admito.

—Esto es ridículo— Se enoja. —Amanda ni siquiera necesita el dinero. Ella no necesita nada. La única razón por la que está haciendo esto es para molestarme.

—Tal vez deberías ir y hablar con tu abuela en persona, —sugiero. —O ve y habla con tu prima y descubre por qué está haciendo esto.

—Sí, eso va a ayudar,— dice ella.

—Oye, estoy de tu lado, ¿recuerdas?

—¿De verdad?— se burla. —No lo sabría después de cómo te comportaste en la clínica.

—Vamos, Valentina—, protesto. Sé que está molesta, pero desquitarse no va a ayudarla a sentirse mejor. —Solo estaba jugando allí. Sabes que estoy en esto .

—Bueno, deja de perder el tiempo. Esto es serio, Hudson. Y dado lo que acabamos de aprender, no sé si deberíamos molestarnos en continuar. Quiero decir, ¿qué pasa si...?

Ella sacude la cabeza y cierra los ojos, pero ambos sabemos lo que está pensando.

—Lo que necesitas hacer es relajarte,— le ordeno. — Entonces podemos hablar de esto racionalmente y decidir juntos si aún debemos hacer esto.

Abre un ojo y me mira, como si esperara un seguimiento inteligente, pero por una vez, estoy hablando en serio.

—¿Qué tal si volvemos a mi casa?,— Yo sugiero.

—No. —Ella suspira. —Iremos a la mía. Tengo una bañera de hidromasaje.

Me encojo de hombros

Inesperado, pero no puedo discutir eso.

Apenas dice una palabra durante todo el viaje de regreso a su casa. Algunas veces, trato de iniciar una conversación, pero Valentina sigue sumida en sus pensamientos. Luego, de la nada, me lanza una sonrisa de disculpa.

—Lo siento si estoy callada, supongo que mi cabeza está en las nubes en este momento.

—Y solo piensa que aún no estás embarazada,— bromeo, tratando de aligerar el estado de ánimo. —Tal vez pueda hacer algo para aliviar la tensión...

Ella se ríe y levanta las cejas, con los ojos brillantes. Es como si finalmente estuviera comenzando a relajarse un poco.

—Tengo miedo de preguntar qué.

—Oye, no seas así.— Sonrío. —Solo estoy siendo un buen tipo. Y para que conste, no estaba siendo sucio. Estaba insinuando que te daré un masaje. No quiero tocar mi propia bocina, pero se sabe que envié a las mujeres a un nivel de inconsciencia con solo un movimiento de mis dedos.

—¿Eso no es tocar tu propia bocina?— Ella se ríe, pero luego el brillo en sus ojos se vuelve serio. —Si aún vamos a hacer esto, tal vez deberíamos establecer algunas reglas básicas.

—Es un poco tarde para eso, ¿no?— Bromeo.

—¿Lo es?— Expresa, encogiéndose de hombros, y se mira las manos, como si de repente fuera tímida a mi alrededor. —Quiero decir, todavía no hemos hecho nada.

—Está bien,— estoy de acuerdo. —¿De qué tipo de reglas estás hablando?

Se lo piensa por un momento. —No lo sé. Mi abuela tiene un contrato escrito para nosotros que cubrirá el acuerdo. Estaba pensando más en las reglas mientras estamos juntos.

—Bien, entonces, ¿qué tal si aceptamos hacer el resto de las reglas a medida que avanzamos? Esto es nuevo para los dos. Es natural que tengamos preguntas y preocupaciones a medida que avanzamos. Probablemente haya muchas cosas que no hemos considerado sobre lo que sucede a partir de aquí.

—Supongo que eso tiene sentido. —Asiente, feliz. —Sin embargo, he pensado en una regla que sé que quiero.

—¿Y qué es eso?— Pregunto.

Ella presiona sus labios, sus ojos brillan.

—Esos masajes que estabas ofreciendo...más vale que ocurran regularmente cuando esté embarazada.

Froto mi mandíbula, mi polla se contrae ante la idea de pasar mis manos sobre sus suaves curvas desnudas.

—Considéralo hecho.

9

VALENTINA

—¿Valentina? Estamos aquí.

Fuera de mi complejo de apartamentos, Hudson apaga el motor de su camioneta y me mira expectante. Finjo no escucharlo, porque estoy demasiado tensa. Todo en lo que puedo pensar es en lo que vendrá después. Vamos a tener relaciones sexuales. No hay bebé sin ello.

No es que no me guste el sexo. Es el hecho de que es sexo con Hudson. Y no es que no me sienta atraída por él, porque lo estoy. Mucho más de lo que debería, dadas las circunstancias.

Lo cual es una gran parte del problema.

Incluso algo tan inocente como admitir que me siento atraída por él tiene el potencial de hacer las cosas mucho más complicadas, porque antes de darme cuenta, estaré enamorada de él.

Tal vez debería haber elegido a alguien de quien no me sintiera atraída.

Claro, el sexo habría sido incómodo, pero al menos no tendría que preocuparme por esto. Intento imaginarme a

Hudson calvo y con una tripa de cerveza, lo que casi me dobla de la riendo.

—¿Estás bien?

Salto al escuchar su voz grave y grave. Aunque no hay forma de que él pueda saber que estaba pensando en él, de todos modos, me avergüenzo.

—Por supuesto. ¿Por qué no sería así?

Se encoge de hombros y me mira de forma extraña. —Es solo que te dije que estamos aquí tres veces y no reaccionaste. Además, ¿siempre te echas a reír al azar?

—Lo siento, creo que estaba pensando en algo. —Las palabras se me pegan en la garganta.

—¿Sobre mí?

—No te hagas ilusiones, —respondo, mi cara está tan caliente que parece que está en llamas.

¿Qué diablos me pasa? La vieja Valentina vivía en momentos como estos, pero ahora estoy tan nerviosa que solo quiero desaparecer. Tal vez necesite acostumbrarme a sentirme así. Sin el dinero detrás de mí, toda mi confianza y control también se han ido. Bueno, la mayor parte.

Aún tengo control sobre algunas cosas en mi vida, cómo y dónde vamos a hacer esto. Es por eso que quería venir aquí y no a su lugar. Al menos aquí sé qué esperar y el entorno es familiar. Tener que fingir que me gusta su apartamento habría agregado otra capa de estrés que no necesito en este momento.

Al salir del camión, me doy vuelta y espero con impaciencia a Hudson. Todo lo que quiero es terminar con esto, porque me aferro a la esperanza de que será más fácil después de la primera vez. O incluso mejor, que la primera vez también será la última.

—¿Vienes o no?— Pregunto, pasando mi cabello sobre mi hombro. Él sale y me sonríe.

—¿Alguien te ha dicho que eres impaciente?,— me dice.

—¿Alguien te ha dicho que eres molesto?— Le devuelvo el golpe.

Me apuro por el vestíbulo del edificio, en dirección al ascensor, con Hudson paseando casualmente detrás de mí. Le lanzo un gesto amistoso a Tom, el guardia de seguridad, mientras presiono el botón y espero pacientemente a que el auto descienda. Hudson se encuentra imposiblemente cerca, el aroma de su colonia me afecta de formas que no puedo resistir.

Las puertas del ascensor se abren y Hudson silba, llamando mi atención.

—¿Subes, Valentina?

Mis ojos se encuentran con los suyos cuando entro, tratando de mantener la distancia de él. Hudson se acerca y yo lo fulmino con la mirada, lo cual lo estimula. Da otro paso, esta vez se encuentra tan cerca de mí que nuestros cuerpos se tocan. Presiono el botón una y otra vez, golpeándolo repetidas veces como una estúpida para que funcione más rápido.

—¡Oye!,— gruño cuando él pone su mano sobre la mía.

—Si no puedes soportar que te toque en un gesto amistoso, subir las escaleras no es una buena idea.

—Puedo manejar que me toques,— resoplé cuando las puertas finalmente se cerraron. —Simplemente no lo esperaba.

—Es casi como si te avergonzara que te vieran conmigo, — bromea.

Lo miro fríamente. —Oh, ¿captaste eso?

—¿Te das cuenta de que el guardia de seguridad sepa sobre nosotros es la menor de tus preocupaciones?— señala. Sus ojos oscuros se iluminan, como si estuviera disfrutando de otra oportunidad para desafiarme. —¿Cómo te sentirás cuando tus amigas se enteren de nosotros? ¿O vas a hacer que me esconda en el armario cada vez que venga alguien?

—¿Es esa una opción?— Pregunto con frialdad.

Para ser honesto, preocuparme por ser vista con él ni siquiera está en mi radar, pero supongo que hay algo de verdad en lo que está diciendo. No planeo ir a los medios para anunciarnos como pareja. De hecho, estoy feliz de no contarle a nadie sobre nosotros a menos que tenga que hacerlo.

Me río. ¿A menos que tenga que hacerlo?

Cuando esté embarazada, todos lo sabrán. No se esconderá eso para nadie, especialmente en los círculos en los que me muevo. Y cuanto más lo deje, más difícil será contarles a las personas cercanas a mí.

Como Holly

Me estremezco, pensando en mi mejor amiga. Esa es una conversación que no espero tener. Cuanto más demore, peor será. Me guste o no, esto va a cambiar todo, incluso nuestra amistad. Por otra parte, las cosas ya han cambiado mucho; ¿Qué tanto podrían empeorar?

Me apoyo contra la pared y suspiro. ¿Por qué todo tiene que ser tan complicado? Todo lo que quiero es mi vida fácil y despreocupada. Y las cosas solo se pondrán más difíciles con un bebé en el medio.

Dios. Un bebé.

Estamos trayendo un niño al mundo. Todo lo demás debería palidecer en comparación, pero todavía estoy tan atrapada en las pequeñas cosas, como en lo que mis amigos van a pensar. El hecho de que sigo pasando por alto lo enorme que es esto me hace cuestionar cuán capaz soy de manejar la maternidad. Tal vez estoy haciendo esto por todas las razones equivocadas. Tal vez no estoy lista para ser madre.

—Y ahí vas otra vez, en tu pequeño mundo.

Miro a Hudson, sin saber qué decir.

—Creo que todavía estoy pensando en todo esto,— admito. Elijo mis siguientes palabras con cuidado, mi corazón se acelera ante la idea de ser honesto con él. —Además, lo siento si a veces estoy un poco malhumorada.

—¿Un poco?— él grita, frotándose la nuca. —Nunca sé qué versión de Valentina esperar. Sé que estás bajo mucha presión, pero tal vez si hablamos de lo que te está molestando.

Sé exactamente cuál es el problema. Amanda

Descubrir que mi abuela le hizo la misma oferta realmente me dolió. No se trata solo del dinero. Es la incertidumbre y no saber dónde estoy parada lo que más me afecta. Estoy acostumbrada a tener el control y saber lo que está a la vuelta de la esquina, pero desde que arrestaron a mi padre, mi mundo se ha puesto patas arriba y un bebé va a cambiarla aún más. No estoy segura de estar lista. Siento que estoy saltando de un acantilado, con los ojos vendados, sin tener idea de cómo van a terminar las cosas.

—¿Crees que estamos listos para esto?— Mi corazón late con fuerza mientras espero que responda.

—No sé—, admite después de un momento. —¿Tal vez? ¿Creo que este niño podría hacerlo mucho mejor sin tenernos como padres? —Él sacude su cabeza. —No, no creo. Creo que este niño tendrá mucha suerte de tenernos a ambos en su vida. Será amado incondicionalmente, lo que es más de lo que muchos niños nacidos en este mundo obtienen.

Es la primera vez que lo veo parecer inseguro, como si no tuviera todas las respuestas. Es tranquilizador saber que hay más en él que comentarios y bromas inteligentes. Debajo de todo eso hay un tipo que está tan asustado como yo.

—Supongo que estas en lo correcto. Solo me preocupa que no lo hagamos por los motivos correctos.

—Probablemente no, pero ¿quién hace algo por las razones correctas en estos días?— razona Hudson. —La gente tiene hijos por razones equivocadas todo el tiempo.

—¿Y eso es algo bueno?— Lo intercepto.

—No, pero no siempre es algo malo.— Él se encoge de hombros. —Las cosas buenas suelen salir de situaciones malas.

Sonrío, encontrando sus palabras extrañamente reconfortantes. Alarga la mano para apartar un mechón de cabello de mis ojos. Por una vez, no me alejo, la sensación de su toque eléctrico contra mi piel. Mi corazón se acelera, porque está tan cerca que, si levantara los talones del suelo, casi podría besarlo.

Las puertas del ascensor se abren, sorprendiéndonos a los dos. Me alejo de él y miro a través del pasillo vacío a mi puerta principal. Respirando hondo, me obligo a salir del ascensor, Hudson justo detrás de mí.

Busco a tientas la cerradura, mis manos tiemblan tanto que dejo caer las llaves. Maldigo por lo bajo y me agacho para recuperarlas.

—¿Hay algo de lo que no te rías?— Me quejo mientras Hudson se ríe detrás de mí.

—Hay muchas cosas de las que probablemente no debería reírme,— ofrece.

—Lo mismo digo.

Finalmente, la desbloqueo. Giro la manija y abro la puerta, dejando que Hudson entre primero. Respiro hondo y me tomo mi tiempo para cerrar la puerta, principalmente para detener lo que sucederá a continuación. Todo esto se mueve muy rápido y no estoy segura de poder hacerlo.

—Estás realmente nerviosa por esto,— observa.

—¿Tú no lo estás?

Él se encoge de hombros. —Realmente no. ¿Por qué habría de estarlo?

—Oh, no lo sé. ¿Todo?— Su actitud relajada solo consigue hacerme sentir peor. —¿Acaso esto va a funcionar? ¿Cuánto tiempo tardará? Ah, y luego está el hecho de que tendremos un bebé que quizás no podamos mantener financieramente. ¿Qué pasa si terminamos con gemelos? ¿O trillizos? —Gimo, seguramente con mi suerte.

—Está bien, entonces las cosas podrían salir mal. ¿Ayuda estresarse al respecto? — reconforta.

Sus ojos se fijan en los míos y por primera vez me doy cuenta de su hermoso tono de azul, especialmente de pie, aquí, bajo esta luz. Parpadeo, saliéndome del momento y luego abro la boca para responderle.

—No,— admito en voz baja.

—Bien. Así que relájate y toma las cosas como vienen,— continúa con su tono tranquilizador. —Nos ocuparemos de todo mientras suceda. Un día a la vez. Todo sucede por una razón, ¿verdad?

—Suenas como un maldito calendario motivacional,— murmuro.

Él ríe. —Sí, lo hago, pero es mejor que la alternativa. Nadie nos obliga a hacer esto, Valentina. Pero si vamos a hacerlo, entonces ambos tenemos que estar de acuerdo. — Él estudia mi cara. —Entonces, ¿lo hacemos?

Me trago el enorme nudo que se forma en mi garganta y asiento. Sé que tiene razón. No puedo concentrarme en Amanda ni en ninguna otra cosa. Si haremos esto, necesito comprometerme al cien por cien. El problema es saber eso y creer que son dos cosas diferentes.

Tal vez si sigo diciéndome a mí misma que todo va a funcionar, me lo creeré eventualmente.

—Lo haremos.

Me toma de la mano y me atrae hacia él. Estoy haciendo todo lo posible para relajarme, pero estoy tan tensa que me siento enferma. Nada de esto se siente fuera de guion para mí. Estoy analizando en exceso cada pequeño detalle en mi cabeza y me está volviendo loca. Él, por otro lado, está actuando como si no le importara nada en el mundo.

—V, por el amor de Dios, deja de pensar, —murmura.

—Decirme que no piense no ayuda, —me quejo.

—Entonces tal vez esto lo hará.

Se inclina más cerca y empuja sus labios contra los míos, mientras sus dedos agarran mi cabello. Hago mi mejor esfuerzo para acallar mi mente y perderme en su beso, pero los pensamientos siguen llegando. Se retuercen en mi cabeza, eliminando cualquier posibilidad de romance para mí. Cuanto más lo intento, más confundida y desordenada me siento, hasta que finalmente me alejo.

—¿Estás relajándote?— él se burla.

—No, esta soy yo tratando de no...

Respiro hondo, deteniendo las palabras mordaces que se posaron en mi lengua y listas para volar. Lo último que quiero es decir algo de lo que me voy a arrepentir, porque no es con él con quien estoy molesta. Estoy frustrada por mi incapacidad para desconectar.

Esto simplemente no va a funcionar.

En primer lugar, nunca debería haberlo arrastrado a esta estúpida idea.

—Vamos, Valentina. Me estás matando aquí, —exclama,

la frustración en su voz es evidente. No ha habido demasiadas ocasiones en las que me haya mostrado alguna emoción, así que casi lo agradezco. Suspira y se pasa la mano por el pelo grueso. —Bien, ¿qué tal si damos un paso atrás y olvidamos el sexo? Vamos a conocernos el uno al otro.

Asiento con la cabeza. —Bueno. Supongo que no puede ser peor que la idea de acostarse contigo.

Él ríe. —Tienes suerte de que no me ofenda por eso.

—No quise decir eso, —digo rápidamente.

Necesito algo para ayudarme a relajarme. Como el alcohol

—¿Bebida?— Pregunto, caminando hacia la cocina.

—Seguro.

Recupero dos copas de vino, pero luego me detengo. ¿Qué estoy haciendo? No puedo beber vino No si quiero la mejor oportunidad de concebir. Frunciendo el ceño, volví a poner los vasos y tomé dos botellas de agua con gas.

—Espero que te guste el agua con gas,— le digo, caminando de regreso al sofá. —El vino no es bueno para tratar de concebir y todo eso.

—Cualquier cosa me sirve. —Toma la botella cuando se la ofrezco.

Estoy segura que sí.

Miro mi botella, de repente me siento tímida. Respiro profundamente y lo libero lentamente, pero incluso eso no ayuda.

—No puedo creer que no estés encontrando esto incómodo,— confieso.

Él se encoge de hombros. —Lo estoy, pero no tanto como tú. Eres una mujer hermosa, Valentina. Honestamente, la idea de estar así contigo me emociona. Mentiría si dijera que no había pensado en estar así contigo.

—¿De verdad?— Levanto las cejas y él se encoge de hombros.

—Seguro. —Toma un trago de su bebida y yo tiemblo cuando veo sus músculos de la garganta contraerse mientras traga. Sus ojos brillan cuando se encuentran con los míos. —Tal vez el problema es que no te atraigo.

—No, te encuentro atractivo—, insisto. —Probablemente sería más fácil si no lo hiciera.

Me sonrojo cuando levanta las cejas hacia mí.

—Oye, no te avergüences. Me gusta que pienses que soy *sexy,* —bromea. —Pienso que es lindo.

—Nunca dije que lo eras, —le respondo. —Hay muchas personas que puedo reconocer que son atractivas y que no encuentro sexy.

—Sabes, lo dije en serio cuando dije que podíamos olvidar el sexo. —Su tono se vuelve serio. —No me malinterpretes, estoy preparado. —Él mira hacia abajo, en su regazo, luego vuelve a mirarme con una expresión juguetona en sus ojos. —Bueno, con un poco de aliento, lo estaré, pero si quieres que nos conozcamos, también está bien.

Estoy desgarrada porque, por más tentada que esté en olvidarme del asunto del sexo esta noche, sé que podría ser la mejor oportunidad para concebir. Entre los calambres estomacales y los antojos de algo dulce, estoy bastante segura de que estoy ovulando. Sin mencionar los cambios de humor locos que he estado teniendo. He estado tan arriba y abajo, me sorprende que Hudson todavía esté dispuesto a seguir con esto.

—Estoy bien,— insisto. —Lo prometo.

Me pongo de pie. Hudson hace lo mismo. Mira a su alrededor, como si estuviera viendo mi apartamento por primera vez.

—Oye, este es un lugar muy agradable.

—Lo sé, —asentí. No tiene sentido ser tímido al respecto. Mi apartamento es genial. —Mi lugar favorito en la tierra está en ese balcón.

Me levanto y le indico que me siga afuera. Abro las puertas francesas, el aire fresco besa mi cara mientras salgo al balcón. Hudson deja escapar un silbido bajo y contempla la increíble vista. Sonrío mientras contemplo la bulliciosa ciudad de abajo.

El número de noches en las que me he sentado perdida en mis propios pensamientos, mirando ese cielo ...

—Entonces, jacuzzi dijiste...

Me río. —Sí, lo hice. Es por allá.

—¿Y está encendido?

—Siempre está encendido.

—Yo también, —murmura.

—Bien, entra, —grito mientras camino de regreso dentro.

—¿Espera, a dónde vas?

—A cambiarme, —explico pacientemente.

Él mira hacia abajo a sus vaqueros y camisa desteñidos.

—¿Qué hay de mí?

—Tengo un pequeño bikini rosa de lunares que te quedará genial. —Me rio ante la idea.

Él hace una mueca. —Los lunares realmente no son lo mío. Supongo que iré desnudo.

No puedo mirar hacia otro lado mientras abre su cinturón y baja sus pantalones. Mi corazón se acelera cuando escapa de sus jeans, revelando sus piernas bronceadas y musculosas. La idea de tenerlo desnudo y en mi bañera de hidromasaje me marea. Acelero mi ritmo, apresurándome a cambiarme a mi habitación, aunque solo sea por unos segundos para recomponerme.

Una vez que estoy en la seguridad de mi habitación,

no me puedo resistir a mirar por la ventana, lo que da una excelente vista de la bañera de hidromasaje. Estoy justo a tiempo para echar un vistazo a su culo perfectamente tonificado antes de que desaparezca bajo el agua. Retrocedo en la oscuridad cuando él se gira hacia la ventana, pero estoy bastante segura de que es demasiado tarde. Él simplemente me atrapó mirándolo. Me muerdo el labio con tanta fuerza que puedo saborear la sangre.

Tal vez esto no sea tan malo después de todo...

Me cambio rápidamente, eligiendo uno de mis bikinis de cuerda favoritos, uno que maximice mi escote ya decente. Estudio mi reflejo en el espejo, el tono coral del traje contrasta muy bien con mi piel bronceada. Asiento, satisfecha porque me veo bien. Finalmente, me doy la vuelta y camino por el departamento hasta el balcón.

Sus ojos permanecen sobre mí mientras camino hacia la bañera, mis piernas tiemblan tanto que son como gelatina. Respiro hondo, la combinación de la brisa del anochecer y su intensa mirada convierten mis entrañas en un desastre. Entro en la bañera de hidromasaje, ignorando su mano extendida, y me sumerjo en el agua, el calor es una distracción bienvenida.

—Oye, tú, —murmura. —Ven aquí.

De mala gana, floto sobre el agua hasta que sus brazos se cierran a mi alrededor, sus fuertes manos descansando contra mi espalda. Mi corazón late con fuerza cuando sus labios rozan los míos. Su beso es gentil, pero imponente, aunque sin importar lo bien que se sienta, no puedo evitar que los pensamientos se me pasen por la cabeza.

Me alejo para recuperar el aliento, mis manos se apretaron con tanta fuerza en los puños que mis uñas se clavaron en mi piel. Respiro profundamente y luego flexiono los dedos, tratando de obligarme a relajarme, pero no hace nada. Estoy tan agitada que me siento mal.

—¿Qué pasa ahora?, —él pregunta, con irritación arrastrándose en su voz. —¿Quieres que me vaya?

—No, —admito. —Lo siento. Lo estoy intentando. Realmente lo hago.

—Está bien. Lo entiendo. Es raro. Y para ser honesto, besarte es como besar a mi hermana, —admite, levantando la nariz.

Parpadeo hacia él. Hace cinco minutos no podía tener suficiente de mí y ahora besarme es como besar a Holly.

—¿De verdad? ¿Besas a tu hermana así a menudo? Pregunto dulcemente.

—Solo digo que pensé que disfrutaría besarte más de lo que lo hice. Eso es todo. —Él extiende sus manos y se encoge de hombros. —Todo se sintió muy unilateral, como si estuviera haciendo todo el trabajo. No es de extrañar que no te haya gustado. Ni a mí.

Lo miro boquiabierta, hasta que el brillo en sus ojos revela cuál es su juego.

—Sé lo que estás tratando de hacer, —acuso.

—¿De verdad? —exclama. —¿Y que sería eso?

—Estás tratando de dejarme, así me enojo y trato de seducirte.

—¿Está funcionando?— él pide.

Sorprendentemente, lo está.

Con el corazón acelerado, me muevo a través de la bañera hasta que estoy frente a él. Envuelve sus brazos alrededor de mi cintura mientras me levanta sobre su regazo. Me balancea de un lado a otro, su erección presionando contra mí. Suspiro, amando lo excitado que está. Con un impulso de confianza, alcanzo mi espalda y aflojo la cuerda de mi corpiño, dejándolo caer.

Él gruñe apreciativamente mientras pasa sus dedos a lo largo de mi estómago y sobre mis senos. Jadeo, mis pezones ya duros se endurecen hasta el punto del dolor. Se inclina hacia adelante y me besa, luego desliza su boca por mi cuello, mi hombro, hasta que su lengua se enrosca alrededor de mi pezón. Él chupa fuerte y yo jadeo, casi tengo un orgasmo en el acto, mientras mueve su lengua alrededor de mi pezón.

Separando mis piernas, tomo su mano y la guío hasta el borde de la parte inferior de mi bikini. Lleva su boca hacia la mía, besándome lentamente mientras me acaricia a través de la delgada tela.

—Eres un juguetón, —bromeo.

Para su diversión, me agacho y libero los lazos de mi bikini, tirándolos al balcón, luego envuelvo mis piernas alrededor de su cintura y agarro su gruesa polla. Deslizo mi mano a lo largo de su longitud. Él gime, sus manos ahuecan mi cara, mientras me besa bruscamente en la boca mientras le froto la polla.

—Joder, eso se siente bien, —murmura.

Jadeo cuando él me levanta sobre su polla, deslizándome sobre su longitud. Mis dedos rastrillan su cabello mientras él reclama mi boca, sus caderas se sacuden hacia adelante, balanceándome de arriba abajo. Gimo y entierro mi rostro en su cuello, mis piernas tiemblan cuando mi cuerpo comienza a llegar al clímax. Gimo mientras me contraigo a su alrededor, mi cuerpo se contrae cuando me vengo.

—¡Oh dios! —grito.

Cada parte de mí duele. Me aferro a él, montándolo hasta que no puedo soportarlo más. Él gruñe, hundiéndome en su polla, un jadeo estrangulado escapa de sus labios. Su cuerpo se sacude cuando entra dentro de mí. Su polla palpita con tanta fuerza que puedo sentir la sangre pulsando a través de él cuando entra en mí una y otra vez, mientras se libera.

Levantándome de él, me siento a horcajadas sobre sus muslos, descansando mi cara contra su pecho. Suspiro, disfrutando la sensación de sus dedos rodando sobre mi espalda mientras la suave ondulación del agua cae en cascada a nuestro alrededor.

—Ese fue tu plan todo el tiempo, ¿no? —Digo, mi tono acusador.

—Tal vez, —admite, luciendo orgulloso de sí mismo. Sus ojos brillan en la oscuridad, un azul fascinante. —Funcionó, ¿no? —Él guiña, lento y seductor.

Maldición, es tan arrogante.

No contesto. En cambio, lo beso de nuevo, mi lengua se curva alrededor de la suya mientras acaricia mi espalda.

Nos relajamos allí unos minutos más, hasta que casi me estoy quedando dormida. Tomo eso como mi señal para salir, así que me levanto y alcanzo la toalla, envolviéndola a mi alrededor. Él mira mientras salgo de la bañera. Mi piel hormiguea cuando la brisa cálida golpea mi piel aún húmeda. Un escalofrío me recorre y me digo que no tiene nada que ver con él.

—¿Puedo traerte otra bebida? —Le pregunto cuando entro.

—Seguro.

Me cuesta mucho concentrarme en el jugo que estoy vertiendo, porque Hudson acaba de entrar, con su toalla alrededor de su cintura, mostrando sus abdominales bien definidos. Miro hacia otro lado, justo a tiempo para evitar derramar jugo sobre el mostrador.

—¿Qué pasa con todos los libros? —pregunta, levantando la barbilla hacia la pila en la mesa de café.

—¿Qué quieres decir? —Pregunto mientras le entrego su bebida. —Es una mesa de café. ¿Qué más pone uno que no sean libros y café?

Claro, podría haber exagerado con los libros para padres, pero había tantas opciones que no pude elegir. Parece que cada celebridad que ha tenido un bebé ha escrito un libro para padres, y las que no han tenido uno también lo hicieron.

—Creo que has adquirido todos los libros sobre el embarazo jamás escritos. —Levanta uno y lo gira para examinar la parte trasera.

—¿Qué tiene?— Lo quito de sus manos y lo pongo fuera de su alcance. —Me gusta estar preparada. No me di cuenta de que era un crimen.

—No lo es, pero parece que quieres estar preparada para cada situación, —comenta. Alguien probablemente debería haberte dicho que esperaras lo inesperado cuando se trata de niños.

—¿Por qué eres un experto en niños? —Me burlo.

—¿Comparado contigo?— Él asiente con aire de suficiencia. —Sí. De todos modos, una cosa es prepararse y la otra ser controladora.

—Tal vez si tuvieras un poco de mi control, tu negocio no se vendría abajo,— le respondí. Se le cae la cara y siento una punzada de culpa. —Lo siento. Eso fue bajo, —admito.

—Tal vez, pero probablemente me lo merezco.

Se sienta contra los cojines, con una mirada perezosa y contenta en su rostro. Mi corazón se acelera, por la forma en que me está mirando en este momento y el hecho de que lo único que lo cubre es esa toalla...

El pensamiento se desvanece y no lo persigo, porque tengo miedo de ver a dónde irá. En cambio, me siento en el otro sofá, la mesa de café entre nosotros.

—Hay mucho espacio aquí, —bromea, disfrutando haciéndome sentir incómoda.

—Y seguirá así, —le respondí dulcemente. —Estoy bastante feliz aquí con mi montaña de libros.

—Sabes, nunca te tomé por una chica tipo libro, — admite, volviendo a colocarse lo suficiente como para que la toalla se deslice más por su muslo. Levanto la mirada cuando me doy cuenta de que estoy mirando su entrepierna y, por supuesto, se da cuenta. —En realidad estoy un poco sorprendido de que puedas leer.

—¿Disculpa?— Protesto. ¿Acaba de decir eso?

—Estoy bromeando, —me asegura con una sonrisa.

—Broma o no, eso fue malo, —le respondo con un puchero.

—Tienes razón, eso fue malo. Lo siento. —Suena genuino, pero nunca se nota con Hudson. —Lo que quería decir es que me sorprendes constantemente. Eres tan diferente a como pensé que serías.

—¿De verdad? —Estrecho mis ojos para evaluarlo, no estoy seguro si compro eso. —Me has conocido la mayor parte de mi vida, —le recuerdo.

—Lo sé, pero realmente nunca te conocí, —explica. — Me imaginé que eras como el resto de los ricos amigos de Holly.

—¿Superficial y solo interesada en lo que todos pueden ver en la superficie?— Bromeo.

Él asiente, desconcertado. —Algo como eso.

—¿Es así como siempre me has visto?— Tengo más curiosidad que cualquier otra cosa.

—No tanto cuando éramos niños,— admite, después de tomarse un momento para pensarlo. —Pero has cambiado mucho desde entonces. Ambos lo hemos hecho. Supongo que tuve la idea de que eres un miembro de la alta sociedad que dirige la ciudad. Alguien cuyos días están llenos de viajes de compras, spas de día y bailes sureños.

Me trago la risa, porque la chica que él describe era yo hace una semana.

—Tal vez hay algo de verdad en eso,— admito. —Pero ya no más. Supongo que es sorprendente cómo perder todo puede poner las cosas en perspectiva.

—Dímelo a mí. —Se pasa la mano por el pelo con los ojos preocupados.

—¿Quieres hablar acerca de ello?— Le pregunto gentilmente.

Es fácil olvidar que él también está teniendo problemas. Hay una razón por la que acordó hacer esto conmigo, pero a veces estoy tan atrapada en mis propios problemas que lo olvido.

Él se encoge de hombros. —No hay mucho de qué hablar. —Sus manos se inquietan mientras evita mirarme. —Creo que lo peor es que ni siquiera sé dónde salió mal. Si pudiera hacerlo de nuevo, ni siquiera sé qué cambiaría para asegurarme de que mi negocio sea un éxito. Eso es lo que más me asusta. Si pudiera ver dónde fallaron las cosas, sería diferente, ¿sabes?

—Lo entiendo,— le digo. Siento que esto es lo más cerca que hemos llegado a ser realmente honestos el uno con el otro. —Sé que mi historia es completamente diferente a la tuya, pero sigo pensando que debería haber visto las señales. Mi padre me escondió cosas durante años. Tenía que haber signos.

—¿Cómo se las está arreglando?— él pregunta. —¿Con eso de estar bajo custodia?

Una abrumadora sensación de tristeza me invade.

Te diría si lo supiera. En realidad, no me ve, —admito. —La última vez que hablé con él fue la noche anterior a su...

Dios, ni siquiera puedo decir su arresto.

Me froto la cara, mis ojos pican con lágrimas.

—Llamé todos los días pidiéndole verlo, pero se sigue negando. Tampoco sé si él o la policía que me lo niegan. Al principio fueron ellos, pero ahora, no estoy segura...

—Probablemente esté demasiado avergonzado para enfrentarte, —razona Hudson.

—Debería estar avergonzado, pero no es justo. Me debe respuestas. No verme es la salida del cobarde.

Nunca pensé que esta sería una conversación que tendría con Hudson, pero necesitaba tenerla con alguien. He guardado todos mis sentimientos sobre la traición de mi padre reprimida dentro de mí, porque era más fácil que enfrentar la verdad. Me robó y me mintió. Y en lugar de reconocer eso y enfrentarme, se niega a verme. Eso duele más que cualquier otra cosa.

Bostezando, miro el reloj, me sorprendo al ver que es casi medianoche.

—Supongo que debería considerar irme, —murmura Hudson, mientras se sienta hacia adelante y estira los brazos. —Tengo que trabajar mañana.

—Tal vez quieras pensar en vestirte primero, —le digo astutamente.

Él mira la toalla y luego desaparece buscando su ropa. Unos segundos después reaparece, vestido. Estoy casi decepcionada porque me perdí el espectáculo.

—Oye, ¿qué pasó con tu trabajo?— él pregunta.

Me sonrojo, avergonzada de admitir que he estado esquivando sus llamadas. Estaba tan desanimada con ese primer sueldo que la idea de volver allí me enfermó físicamente.

—Ella no ha estado tan ocupada—, dije. —Probablemente no tendré tiempo pronto de todos modos, con el embarazo...

Mi explicación es aceptable.

Lo llevo a la puerta y la abro. Ambos nos quedamos allí, incómodos, sin saber cómo decir adiós. Odio admitirlo, pero no quiero que se vaya. El problema es que no puedo pedirle que se quede. Se inclina hacia delante y contengo la respiración, segura de que va a besarse. Diablos, quiero que me bese, pero no lo hace. Retrocede, creando cierta distancia entre nosotros.

—Bueno, ha sido una noche interesante, —reconoce.

—Con suerte, no necesitaremos volver a hacerlo.

Pero incluso mientras digo las palabras, estoy pensando en lo contrario.

No funciones la primera vez.

10

HUDSON

No puedo dejar de pensar en lo de anoche.

Decir que no esperaba que estar con Valentina fuera tan increíble es quedarse corto. Cuanto más tiempo paso con ella, más la veo, me doy cuenta de que hay mucho más de lo que pensé que podría haber. En el fondo, es sensible, cariñosa y dulce, todas las cualidades que busco en una mujer.

Miro el reloj y suelto un quejido, porque llego tarde, otra vez. Esto se está convirtiendo en un hábito. La única diferencia es que hoy no estoy tratando de evitar todo. Suspirando, me levanto a regañadientes y me meto en la ducha. Una vez vestido, reviso mi teléfono, no me sorprende ver un mensaje de Matty.

Matty: Perdón por el aviso a última hora, pero no voy estaré hoy. Marisa acaba de tener un bebé.

Mierda

Sacudiendo la cabeza, le devuelvo el mensaje.

Yo: Mierda, hombre. Felicidades. Tienes una buena excusa por una vez. ¿Niño o niña?

Matty: una niña. Matilda Rose.

Estudio la imagen que me envía y me siento desbordado por una extraña sensación de asombro. Siempre pensé que los bebés se ven iguales cuando nacen, pero supongo que este acuerdo con Valentina está sacando a relucir mi lado suave. Es una beba hermosa y el nombre realmente le queda bien, pero por más feliz que esté por Matty, hay algo que me devora por dentro. No es que esté celoso. Más bien me preocupa que no ocurra con Valentina y yo.

Me siento en el borde de la cama y miro la foto. Es curioso. Hace una semana, no tenía sentimientos paternales en absoluto. No me molestaba la idea de no tener hijos. Ahora, por más que me asuste, pensar en que podría no suceder es peor. Supongo que tengo muchas ganas de convertirme en padre, aún más de lo que creía. La idea de mí como uno todavía se siente tan surrealista, es como si estuviera viviendo la vida de otra persona. Sigo esperando despertar y darme cuenta de que todo es un sueño.

Aparto de mi cabeza los pensamientos sobre mi relación con Valentina para concentrarme en el trabajo. El hecho de que Matty esté fuera crea algunos grandes problemas para mí. Necesito terminar este trabajo, pero el problema es que ya le estoy pagando a mi amigo, aunque no está allí para trabajar. Si llamo a alguien más para cubrir su turno, tendré que desembolsar más dinero. Estando tan mal económicamente, no sé si puedo cubrir trabajo extra, pero no me quedan muchas opciones si quiero cumplir con el plazo acordado.

Termino cediendo y llamo a Ernesto, un constructor semiretirado que colaboró en algunas de mis obras durante el año anterior. Me sorprendo cuando al lugar llego diez minutos después y descubro que ya está allí. Me acerco y le doy palmaditas en la espalda. Se da vuelta y me mira.

—Diez puntos por puntualidad, —bromeo, sacudiendo su mano extendida.

—Es mejor que Matty tenga cuidado, o no tendrá un trabajo al que volver, —bromea Ernesto.

Finjo una risa, su comentario se acercó mucho a la realidad.

—En serio, ¿cómo llegaste aquí tan rápido?— Pregunto.

Señala calle abajo. —Vivo a dos cuadras de aquí. Y tuviste suerte de haberme atrapado después de que acabara de dejar a los niños en la escuela.

—Pensé que los niños debían hacerte llegar tarde,— bromeo.

—Lo hacen. Confía en mí, no tienes idea.— Se ríe para sí mismo. —Siempre llego tarde. Todo sentido del tiempo se va por la ventana cuando tienes un hijo, y eso que ya era bastante malo. Luego apareció el segundo, tercero y cuatro... —Sacude la cabeza. —Y pensar que mi esposa quiere otro.

—¿Otro niño?

—Le dije que uno era demasiado,— bromea. —Hazte un favor y consigue un perro.

—No sé,— respondo. —Los perros parecen mucho trabajo duro. ¿De verdad tienes cuatro hijos? —Pregunto

Sacudo la cabeza cuando asiente, sintiendo lástima por el pobre hombre.

Él sonríe. —Sí. Dos niños y dos niñas. Siempre pensé que los niños serían más fáciles que las niñas, pero resulta que todos son igualmente de difíciles.

—Pero debe ser más gratificante que difícil, ¿verdad? — Digo, en un tono de ruego.

—Claro, las recompensas superan con creces las negativas, pero no piensas en los buenos momentos cuando estás privado de sueño y pierdes la cordura. — Señala, frotándose la frente. —Todo lo que piensas es en lo que te estás perdiendo y lo fácil que fue antes de que aparecieran.

—Vaya, realmente me estás vendiendo todo este asunto de tener hijos, —rio entre dientes, tratando de ignorar la ansiedad que se acumulaba en mi estómago.

—No me malinterpretes, amo a mis hijos más que a nada. Las cosas habrían sido mucho más fáciles si hubiera sabido qué esperar al entrar, eso es todo. Pone tensión en todo. Especialmente en una relación. Muchas parejas entran pensando que será todo arcoíris y sol, pero no lo es. Es dolor y tortura. Después de tres días seguidos sin dormir, un bebé que grita realmente te hace preguntarte por qué demonios te has pasado por eso.

—Hace que te cuestiones a ti mismo, —admito con una risa nerviosa.

Ernesto se ríe y me da una palmada en la espalda. —Bueno, por suerte para ti, no es algo de lo que debas preocuparte durante mucho tiempo, ¿eh? Disfruta de la libertad mientras la tienes, —agrega. —Solo eres joven una vez.

—Aparentemente, —murmuro.

Adam, mi otro empleado, llega, así que lo emparejo con Ernesto y los dejo trabajar. Mantengo la sonrisa en mi rostro mientras me alejo, pero por dentro, el pánico está comenzando a aumentar un nivel, o diez.

¿Qué pasa si no puedo soportar ser papá? Me quito el pensamiento de encima. No hay nada que pueda hacer al respecto. Demonios, incluso si pudiera, ya es demasiado tarde para retroceder. Especialmente después de anoche.

Intento ponerme a trabajar, tratando de esforzarme al máximo, pero no me concentro. Todo lo que puedo pensar es en lo que dijo Ernesto.

Mi vida está a punto de cambiar de manera importante. Puedo despedirme de mi libertad y decir hola a las noches en vela y pañales sucios. Apenas logro funcionar ahora, ¿cómo demonios voy a apoyar a Valentina y a un niño? Especialmente si Amanda queda embarazada primero.

Por el amor de Dios, solo cállate.

Si no hago esto, puedo despedirme de mi negocio. Sin mencionar mi amistad con Matty. Lo dejaría con un niño nuevo para cuidar y sin trabajo, nunca me lo perdonaría. Eso significa que necesito hacer lo que sea necesario para mantener este negocio, incluso si eso significa sacrificar mi propia vida.

La única persona con la que desearía poder hablar sobre esto es Holly.

Ella es mi persona favorita cuando necesito hablar sobre algo. El problema es que no sé si Valentina le ha contado sobre nosotros. En todo caso, lo último que quiero hacer mantenerme callado, aunque se siente extraño ocultarle algo tan grande.

Me quedé quieto por el resto del día, saliendo del tráiler en una sola ocasión, hasta que los otros muchachos se fueron. Ernesto es el último en irse. Toca la puerta del remolque, sonriendo tímidamente cuando la abro.

—Hola, Hudson, sé que estás ocupado, pero ¿quería ver si todo está bien? Pareces perdido, —agrega, después de un momento de vacilación.

—Lo siento, estoy agotado, —susurro, pasando la mano por mi cabello.

Esa parte no es mentira. *Estoy exhausto*.

Es sorprendente lo agotador que puede ser distraerse de sus propios pensamientos.

—Bueno. Entonces supongo que me iré. Llámame si necesitas que trabaje mañana, ¿de acuerdo?

Asiento con la cabeza. —Gracias de nuevo por venir con tan poca antelación.

Espero hasta que se haya ido, cierro la puerta y me siento en el escritorio. Agacho la cabeza, frustrado por mis sentimientos. Yo también debería irme a casa, pero no puedo. Al menos aquí puedo esconderme, sin el riesgo de que alguien intente molestarme por el dinero que no puedo darles. Estoy atrasado en el alquiler. Estoy atrasado en todo. No quiero enfrentarme a Valentina hasta que resuelva lo que quiero hacer, así que ir allí no es una opción.

¿Estoy listo para el tipo de compromiso que requerirá tener un hijo? ¿Estoy preparado para lidiar con las consecuencias si esto nos falla? Porque bien podría pasar. Claro, en teoría es un gran plan, pero Valentina podría terminar embarazada y su prima podría conseguirlo todo.

Demonios, Valentina podría estar embarazada en este momento, después de anoche.

¿Dónde nos dejaría eso?

El sonido del teléfono hace que me sobresalte, distrayéndome de mis pensamientos. Una mueca se forma en mi rostro cuando veo que es Valentina. Presiono colgar, ignorando el parpadeo de la culpa. Es la cuarta vez que intenta llamarme en la última hora, pero hablar con ella cuando estoy así no nos hará ningún bien.

Cuando deja de sonar, cojo mi teléfono y borro la llamada perdida. También hay una llamada perdida de Holly. Pienso en volver a llamarla, pero sería una mala idea. Casi tan mala como devolver la llamada de Valentina.

En cambio, me paro y camino hacia mi computadora portátil. Si me voy a esconder aquí, podría hacer algo útil y encontrar la mejor manera de estirar mi dinero para este mes.

Si pensaba que barajar la montaña de facturas y facturas me motivaría a ser positivo acerca de esto con Valentina, estaba equivocado. Todo lo que termino haciendo es deprimirme aún más. Pensarías que habría aprendido de eso la última vez, pero aparentemente no.

Con cada segundo que pasa, mi confianza cae. Estoy convencido de que lo único que ocurrirá es que nos enterraremos los dos en un agujero aún más profundo. Todo lo que quería era salvar mi negocio, pero hay una buena posibilidad de que deba pasar por todo esto y aun así perderlo. ¿Cómo planeo apoyar a este niño sin ingresos?

—¿Me estas ignorando?

Frunciendo el ceño, miro hacia arriba. Me sorprende ver a Valentina parada en la puerta de mi remolque. Ella me frunce el ceño, sus brazos cruzados rígidamente sobre el pecho. Su mano sostiene una carpeta.

—¿Qué? No claro que no. Estoy ocupado, —murmuro.

—¿Está todo bien?— ella pregunta, la molestia reemplazada con preocupación.

—Claro, ¿por qué no sería así?— La cuestiono, pero luego dudo. —Estoy teniendo un día difícil.

—¿Quieres hablar acerca de ello?

—No realmente, —admito. —No es nada. Solo estoy... —suspiro.

¿Soy honesto con cómo me siento o pretendo que no pasa nada?

¿Y si ella también tiene dudas?

Es mejor que lo resolvamos todo ahora que dentro de seis meses cuando esté embarazada.

—Solo me preocupa que esto sea un error, —admito.

—¿De verdad?— Su ceño se profundiza. —¿A qué viene esto?

—Hablando con uno de los muchachos aquí, me di cuenta de cuánto trabajo se dedica a criar a un niño.

—¿Entonces un poco de trabajo duro te hace correr por las colinas? —ella pregunta, pareciendo desconcertada. —

Tú fuiste el que me convenció de que podíamos hacer esto, pero ahora que te has acostado conmigo, ¿lo superaste?

—No es así, —protesté. —No tiene nada que ver con lo de anoche. No te enfades conmigo. Solo estoy siendo honesto contigo. ¿Prefieres que me siente en mis sentimientos y luego los exprese dentro de un año?

—No, por supuesto que no, —gruñe, luego suspira. —Está bien, tal vez los dos necesitemos tiempo para pensar si deberíamos estar haciendo esto juntos. —Ella da un paso adelante y me arroja la carpeta. —El contrato. Es por eso que estoy aquí. —Luego mira su reloj. —Tengo que irme. Te llamaré más tarde. ¿Bueno?

—Si. Seguro.

La veo irse, sintiéndome incluso peor que antes, luego vuelvo a mi escritorio y me siento. Hojeo el contrato. Estaremos cubiertos financieramente con una asignación semanal hasta la muerte de su abuela, pero solo si Valentina da a luz primero. Leer esto no hace nada para calmar mis ansiedades, así que lo dejo de lado.

Probablemente sea mejor que ambos nos tomemos un tiempo para asegurarnos de que esto es lo que queremos. Simplemente, no quiero profundizar más en esto sin considerarlo desde todos los ángulos. Necesito tener en cuenta cómo voy a mantener a una familia sin dinero y sin negocios, porque las cosas podrían terminar fácilmente de esa manera.

Si el costo de eso es que ella está enojada conmigo, entonces que así sea.

Suspiro. Lo peor es que antes de hablar con Ernesto, la idea de tener un hijo comenzaba a agradarme, me imaginaba como un padre, pero ahora me asusta muchísimo. Si pudiera estar seguro de que estaríamos cubiertos financieramente, entonces lo haría, pero esto con su abuela y su prima hace que todo se sienta tan incierto. No es como si me estuviera acobardando ante la idea de no obtener el dinero. Simplemente no quiero arruinar mi vida más de lo que ya está.

Y más que eso, no quiero arruinar la vida de mi hijo.

11

VALENTINA

—Toma asiento. La doctora te atenderá en un momento.

Le sonrío a la recepcionista y me siento en la atestada clínica. Está más ocupado que la última vez que estuve aquí, pero me llaman antes de que pueda ponerme cómoda. La doctora me sonríe y luego me lleva a su habitación. Me siento, esperando mientras ella cierra la puerta.

—De acuerdo, Valentina. ¿Cómo están las cosas?— pregunta. —¿Sin Hudson hoy?

—Tenía que trabajar, —le explico.

No es una mentira completa. Él está trabajando.

Tampoco tiene idea de que hice otra cita.

Anoche fui a su trabajo para contarle, pero cuando anunció que tenía dudas, entré en pánico y no pude decírselo. Al principio me sorprendió y luego me confundí, pero ahora estoy simplemente enojada con él.

O él está en esto conmigo, o no lo está.

Si no es así, entonces necesito encontrar a alguien más. No tengo tiempo para que me moleste.

La doctora Meadows recoge mi estudio. Frunce el ceño mientras lo estudia, y olvido mi problema con Hudson, porque estoy muy concentrada en ella. Algo no está bien, pero no puedo entender por su expresión lo malo que es.

—¿Está todo bien?— Pregunto, porque se me está formando un nudo demasiado familiar en la garganta.

Ella mira hacia arriba, como si hubiera olvidado que estaba allí.

—Todo está bien. Solo me fijaba en los resultados de la sangre, ya has ovulado.

—¿Ya?— Pregunto, frunciendo el ceño. —¿No es muy temprano?

—Sí, lo es, pero algunas mujeres ovulan temprano en un ciclo. No significa necesariamente que haya un problema. —Ella imprime un formulario y me lo entrega. —Probablemente significa que no va a suceder esta vez. Te daré unas tiras de ovulación que puedes usar para analizar tu orina. Eso te ayudará a seguir tu ciclo. También quiero que te hagas un ultrasonido.

—¿Un ultrasonido?— Le pregunto nerviosa.

Ella asiente, intentando tranquilizarme. —No es nada malo; es solo para que podamos ver qué tan grueso es el revestimiento de tu útero. Las imágenes tienden a ser más precisas que los laboratorios, y como dije antes, creo que es demasiado pronto para considerar que hay algo mal, — explica, regalándome una sonrisa comprensiva. —Intenta no preocuparte. Los primeros meses son prueba y error.

—Gracias por verme en tan poco tiempo. Ya me siento mejor, —digo, siguiéndola fuera de la sala de examen.

—No me lo agradezcas. Cada vez que quieras verme, mi recepcionista te acomodará. Incluso si solo quieres algo de tranquilidad, llámame, —dice ella, antes de desaparecer por el pasillo.

Al salir, me desvío hacia el baño. Me encierro en un

puesto, tapando las lágrimas. Estoy tratando de no estresarme por eso, pero es difícil no hacerlo. Primero Hudson está teniendo dudas, ¿y ahora esto? Siento que nunca va a suceder.

Y aquí estaba, segura de que estaba ovulando.

Espero hasta que desaparezcan todas las señales de mi crisis antes de volver a la sala de espera, pero me detengo en seco cuando veo a Amanda parada en el mostrador de recepción. Está tan absorta en lo que está leyendo que no me ha notado, así que aprovecho la oportunidad y me arrastro hacia la salida. Cuando llego a la puerta, me giro y algo me llama la atención.

Mi nombre, en letras grandes y en negrita en el frente del archivo que está leyendo.

Enojada, me acerco a ella y se lo arrebato de las manos. Se da la vuelta, su sorpresa rápidamente reemplazada por una sonrisa engreída.

—Valentina, eres tú. Yo estaba...

—¿Leyendo mi archivo?— Interrumpo. —Sabía qué harías cualquier cosa para ganar, pero esto está yendo demasiado lejos.

Ella pone los ojos en blanco. —Vamos, deja de ser tan dramática. Ni siquiera sabía que era tu archivo para empezar. Estaba sentada aquí, esperando, así que lo recogí.

La fulmino con la mirada. Mierda, ella no sabía que era mío.

—Admítelo, —gruñí, dando un paso más cerca de ella. —Sabías que el archivo era mío. ¿Por qué más lo habrías mirado?

—Miré tu archivo, ¿cuál es el problema? —responde, burlona. —¿A menos que haya algo allí que no quieras que sepa? —Sus ojos brillan cuando sus labios se tuercen en una sonrisa, como si pensara que ha dado en el clavo. —Eso debe ser. ¿Por qué más estarías lanzando un ataque si no fuera eso?

Me río. Ella realmente no lo entiende.

—Te estoy atacando porque eres una pequeña perra entrometida, —siseo.

—Soy una perra curiosa que siempre está un paso por delante de ti. —Amanda sonríe. Ella levanta la vista cuando el doctor la llama. —De todos modos, por mucho que me encantaría estar aquí, charlando todo el día, tengo una cita. —Con un guiño procede a despedirse, mientras se dirige a su turno con el doctor.

La veo pavonearse por el pasillo y desaparecer en una sala de examen mientras espero que alguien regrese al escritorio. Estoy tan enojada que presiono el timbre repetidamente hasta que aparezca una de las enfermeras. Ella me mira con curiosidad mientras le lanzo el archivo a través del mostrador.

—¿Puedo ayudarte?

—Acabo de atrapar a una de tus pacientes leyendo mi archivo.

—Probablemente no tenían idea de lo que era. Aquí no habría mucho interés para nadie, aparte de usted y su médico, —intenta convencerme.

—Confía en mí, ella sabía exactamente lo que era, —argumento. —Pero eso no viene al caso. —¿Tiene la costumbre de dejar información confidencial a la vista de todos?

Su sonrisa vacila mientras intercambia con la otra enfermera. Mi enojo crece. Sé que probablemente piensan que soy solo otra chica rica y loca con demasiado tiempo en sus manos, pero no voy a dejarlo pasar. Están equivocados. No solo eso, ella puede ver lo molesta que estoy y no está haciendo nada para arreglar la situación.

—Olvídalo, —expreso. —Puede pensar que esto es una broma, pero estoy bastante segura de que sus superiores no encontrarán humor en la situación cuando escuchen de mi abogado.

Ante la mención de la palabra abogado, otra mujer interviene.

—Lo siento, señora. —Se disculpa. —Puedo asegurarle que tomamos muy en serio la privacidad del paciente aquí.

—¿De verdad? —digo con una carcajada —¿Y usted es?

—Marlene Malone. Soy la directora gerente de la clínica.

—Bueno, podría tomarlo en serio, pero no estoy convencido de que su personal lo haga, — me quejo. —Salí aquí para encontrar a alguien parado en este escritorio, leyendo mi archivo. ¿Cómo crees que eso me hace sentir?

—Una vez más, lo siento, —me asegura. —Dime qué puedo hacer para arreglarlo.

—Solo asegúrese de que no vuelva a suceder, —le espeté, girando sobre mis talones para salir corriendo.

Empujo la pesada puerta, con lágrimas en los ojos. Al llegar al auto me transformo en un mar de lágrimas. ¿Por qué Amanda siempre tiene que salir de su camino para aterrorizarme? ¿Qué le hice a ella? Bueno, aparte de robar a su novio en la secundaria. Lo peor fue que ni siquiera me gustaba el chico. Solo sabía cuánto le gustaba. Cuando nos sorprendió besándonos en su casillero, declaró una guerra total contra mí y, aparentemente, todavía no lo ha superado.

Todos en esa clínica deben pensar que estoy loca. Dios, estoy empezando a preguntarme si hay algo realmente mal conmigo. Soy un desastre. ¿Cómo puedo ser tan hormonal cuando aún no estoy embarazada?

O específicamente, ¿cómo voy a sobrevivir a un embarazo completo?

Saco mi teléfono, me tiemblan las manos cuando llamo a Hudson.

—Hola, —dice. —Esperaba que llamaras.

—¿De verdad?— Pregunto.

Él suena feliz de saber de mí, que es un cambio completo de antes.

Tal vez ha resuelto lo que quiere.

—De verdad, —confirma.

—Podrías haberme llamado, ¿sabes?

—Lo sé, pero quería darte un poco de espacio, —explica.

—Yo no soy la que necesita espacio, —replico, en un intento de sonar confiada.

—Lo sé. Lo siento.

—Solo dime algo. ¿Estás en esto conmigo o no?

—Sí— Finalmente responde. —Firmé el contrato. Estoy en esto, V. Cien por ciento.

—¿Lo firmaste?— Mi corazón da un vuelco cuando el alivio me inunda. No tiene idea de cuánto quería escucharlo decir eso. —Entonces demos a esto todo lo que tenemos. Ven cuando hayas terminado en el trabajo.

—Bueno— Afirma. —Hagámoslo.

12

HUDSON

Me detengo en la parte delantera del apartamento de Valentina, exhausto después de otro largo día. Para tratar de conservar algo de dinero, trabajé solo. La ironía era que probablemente hubiera sido mejor financieramente contratar a un empleado.

Apago el motor y desabrocho el cinturón. No me gustaría nada más que ir a casa y relajarme frente al televisor, pero algo en su voz cuando llamó me dijo que había tenido un día difícil. Salgo de mi camioneta y cruzo la calle, tranquilo, saludando al guardia de seguridad mientras entro en su edificio. Él asiente con la cabeza y vuelve a leer la revista frente a él.

Su puerta se abre de inmediato cuando anuncio mi presencia, la visión de ella, parada allí en un top escaso y jeans ajustados casi lo suficiente como para dejarme sin aliento. Joder, ella se ve bien.

—¿Vas a quedarte allí toda la noche o te gustaría entrar? — pregunta, levantando las cejas.

Entro, mis ojos se sienten atraídos por su trasero mientras ella se da vuelta para cerrar la puerta. Me cambio en el acto, la constricción de mis pantalones me hace sentir muy incómodo.

—Te ves cansado, —comenta.

Me acerco al sofá y me siento, aunque solo sea para enmascarar mi erección. No es que funcione. Su mirada cae sobre el bulto en mis pantalones, lo que solo me pone más duro. Todo lo que quiero hacer ahora es besarla, pero no quiero mover las cosas demasiado rápido.

—Lo estoy. Uno de mis muchachos, un buen amigo mío, acababa de tener un hijo, así que hoy estaba solo en el sitio.

—¿No tienes a nadie más que pueda ayudarte?— ella pregunta.

—Sí, pero el flujo de caja es un problema, —admito. —Quizás debería haberte llamado. Apuesto a que te verías sexy con un casco.

—Mmm no. Además, soy mucho más útil en otras formas. —Se pone de pie y camina hacia mí, sus ojos aún en mi erección.

—¿Oh sí? ¿Como qué?— Pregunto, tirando de su presilla.

La pongo en mi regazo, desabrocho los primeros botones de su blusa y beso su escote. Luego la acerco a mí y deslizo mi mano dentro de su sostén. Ahueco su pecho, mi boca se encuentra con la de ella.

Le quito el top, lo arrojo a un lado y paso las manos sobre su espalda lisa y desnuda. Ella gime, su cuerpo reacciona a mi toque, su espalda se arquea contra la caricia de mis dedos.

—¿Qué estás haciendo?— Ella respira mientras me deslizo en el suelo, colocándome entre sus muslos. Sus ojos se dirigen a las persianas abiertas.

—Confía en mí, no somos tan interesantes, —bromeo, leyendo sus pensamientos.

—Creo que somos muy interesantes, —argumenta, levantando la barbilla.

—Lo eres, —corrijo. —Yo, no tanto.

Alcanzo su espalda para desabrochar su sostén, liberándolo de sus brazos. Luego tiré de sus jeans, que se aferran con tanta fuerza a sus pequeñas curvas que estoy luchando por quitárselos.

—Jesús, ¿están pintados?

—Son fáciles de quitar cuando sabes lo que estás haciendo, —bromea, con las mejillas teñidas de rosa.

Ella los enrolla sobre sus muslos blancos como la leche como lo ha hecho miles de veces antes. Le sonrío y presiono mis labios contra los de ella, luego la relajo contra los cojines y separo sus piernas. Ella gime mientras deslizo mis manos por el interior de sus muslos, provocándola. Ella salta, retorciéndose en su asiento, cada pequeño sonido escapa de esos labios volviéndome loco.

—Eres tan hermosa, —murmuro.

Beso su muslo, saboreando el sabor de su piel suave y salada. Se inclina hacia adelante, agarrando mi cabello mientras me guía más cerca de su aroma. Gimo, empujando mi lengua a lo largo de su entrada mientras ella jadea. Entro en ella, moviendo mi lengua contra su clítoris. Ella gime, sus muslos temblando mientras la exploro lentamente, saboreando cada segundo que estoy dentro de ella. Ella se tensa y me sostiene contra ella, obligándome a profundizar. La complazco, con cada empuje más profundo, hasta que ella esté por venir.

—Dios, estoy tan cerca, —jadea.

Gimiendo, sus dedos temblorosos me agarran mientras sumerjo mi lengua dentro de ella. Rodeo su clítoris hasta que no puede manejarlo. Cuando ella aparta mi cabeza, no pierdo un momento, la necesidad de estar dentro de ella me abruma. Poniéndome de pie, me tambaleo fuera de mis jeans, mi polla brota.

Se ve aturdida mientras se sienta, sus delicados dedos se curvan alrededor de mi circunferencia.

—¿Estás segura de que estás lista para esto? —Me reí entre dientes. —Parece que necesitas un momento para recuperarte.

—Fue bastante increíble, —admite. Ella me tira hacia abajo en el sofá y se sube encima de mí. —Pero tengo la sensación de que esto va a ser aún mejor.

Mis manos agarran firmemente su cintura mientras ella se desliza con fuerza sobre mi polla. Gruño mientras la penetro, mi longitud penetrando en su coño resbaladizo. Ella inclina su cabeza, balanceándose hacia adelante y hacia atrás contra mi ritmo, sus labios presionados contra los míos.

—Sí, —jadea, apretando su cuerpo contra el mío.

Le doy un beso, mi cuerpo se tensa mientras la follo. Ella se siente tan apretada mientras se contrae alrededor de mi polla. Sacudiéndose hacia adelante, la sangre bombea a través de mí cuando vengo con fuerza. Mi cuerpo se contrae cuando lo libero dentro de ella.

La levanto de mí y la acuné en mis brazos. Aparto un mechón de cabello de su frente sudorosa y la beso, mi corazón se hincha de deseo. Ella suspira contenta mientras se acurruca contra mí.

—Apuesto a que no esperabas eso, ¿eh?— Murmuro en su oído.

Cuando ella no responde, inclino mi cabeza lo suficiente como para ver su rostro. Efectivamente, se ha quedado dormida en mis brazos. Le doy unos minutos más y luego la recojo y la llevo a la habitación.

Acostada en la cama, me subo a su lado, y luego levanto

suavemente las mantas sobre nosotros. Ella se agita, el tiempo suficiente para acurrucarse en la cresta de mi brazo. Su cabeza descansa sobre mi hombro, ronquidos suaves y rítmicos escapan de sus labios, lo que encuentro extrañamente reconfortante. Me inclino y la beso suavemente en la frente. Hay mucho más en ella de lo que se da cuenta. Solo desearía saber cómo mostrarle eso.

13

VALENTINA

—Vamos, V, —suplica Holly. —No te he visto en mucho tiempo.

—Lo sé, he estado muy ocupada, —dije.

Siento una punzada de culpa por mentirle a mi amiga.

—Realmente te has tomado a pecho esto de unirte a la fuerza laboral. —Se burla. —Estoy impresionada. Ayer casi fui a verte.

—No, —digo en un tono algo fuerte. —Quiero decir, mi jefe odia cuando me distraigo, — miento, en un intento de corregir mis palabras.

Lo último que necesito es que Holly se meta en mi trabajo y se pregunte dónde estoy. Respiro hondo. Necesito decirle lo que está pasando entre Hudson y yo. Debo hacerlo hoy, si no, terminaré arrepintiéndome.

—¿Qué tal si almorzamos hoy? —Sugiero. —¿Quizás podamos encontrarnos en el club social?

—Bien, seguro. Le preguntaré a Pen si puede unirse a nosotros, — sugiere Holly.

—Seguro.— Reprimo una risita. Ya sé que a Pen se le

ocurrirá cualquier excusa para evitar que la vean conmigo, pero no quiero decirle eso a Holly. —Te veré en el almuerzo.

A pesar de mentirle a mi mejor amiga, estoy deseando que nos reunamos.

Los últimos días han sido un torbellino de Hudson, Hudson y más Hudson. Lo que más me sorprende es cuánto estoy empezando a disfrutar de su compañía. Me gusta mucho más de lo que esperaba y más de lo que probablemente debería. No poder hablar de esto con nadie hace que todo sea aún más confuso.

He estado evitando a Holly por completo, por lo que el tema de Hudson no surgió. Sé que necesito decirle, pero no estoy segura de cómo va a reaccionar y para ser honesta, eso me asusta. Ella es mi mejor amiga, demonios, en estos días, es mi única amiga. No puedo arriesgarme a perder eso.

Nos reunimos para almorzar en el club, tal como lo habríamos hecho hace unas semanas, antes de que mi vida cambiara. La sugerencia simplemente salió de mi lengua, porque es nuestro lugar favorito. Lástima para mí, no había tenido en cuenta que mi estado ha cambiado, o que todavía soy un tema candente para los chismes en la ciudad.

En el momento en que cruzo las puertas, se siente diferente. Puedo sentir a la gente mirándome. Por lo general, no me importaría, pero con todo lo que sucede, mi confianza se ha visto afectada. Veo a un grupo de mujeres sentadas alrededor de una mesa en la esquina. Susurran y me señalan cuando paso. Me pongo rígida, seguro de haber escuchado mi nombre, pero me obligo a seguir caminando hasta llegar a la mesa de Holly.

—¡Oye!— Ella sonríe mientras me desplomo a su lado.
—Hey,— respondo, aun tensa.
—¿Qué pasa?— pregunta, mirándome.
Fuerzo una sonrisa. —Nada.

Me estremezco cuando la mesa detrás de nosotros comienza a reír. Los ojos de Holly se dirigen a ellos y luego vuelven a mirarme. Ella sacude la cabeza.

—Simplemente ignóralos, —dice suavemente.

—Es más fácil decirlo que hacerlo, —murmuro. Desearía poder ignorarlos.

—No tienen nada mejor que hacer que cotillear. Eres tú hoy, pero la próxima semana será otra cosa.

—Todavía era yo la semana pasada, ¿recuerdas?— replico. —Está bien. No tengo idea de por qué elegí este lugar. Ni siquiera me gusta.

—A mí tampoco, —susurra Holly, y las dos nos reímos.
—¿Que has estado haciendo?— agrega. —Siento que no te he visto en mucho tiempo.

—Ha pasado un tiempo—, concedo. —No mucho realmente. Solo trato de mantenerme ocupada para no tener que pensar en las cosas. —Eso es cierto.

Holly sonríe mientras extiende la mano, tocando la mía.

—Estoy orgullosa de ti, V. Realmente te has esforzado en retomar el control de tu vida. Te admiro mucho por eso. ¿Cómo estás dispuesta a hacer lo que necesites sin quejarte? No mucha gente podría recuperarse como tú.

—Realmente, no es nada, —murmuro.

Me siento como un fraude de clase mundial. Cada vez que me mentalizo para contarle sobre Hudson, no puedo seguir adelante.

—¿Estás segura de que todo está bien?— Las cejas de Holly se fruncen, sus labios presionan en una línea apretada. —Estás realmente callada. Tú no eres la clase de persona que rechaza un elogio.

—Lo siento, tengo muchas cosas en mi mente, —le digo en un tono apenas audible.

Holly me da una mirada comprensiva. —¿Tu papá?

—Sí— respondo, ignorando la punzada de culpa que me atraviesa.

—Entonces, ¿todavía no habló contigo?

—No. Nada.

La verdad es que he estado tan atrapada en esto con Hudson que mis problemas con papá han quedado atrás. O tal vez estoy usando todo este asunto del bebé para evitar pensar en lo enojada que todavía estoy con mi padre. Sé que no es saludable embotellar todo, pero si él no me habla, ¿qué puedo hacer para arreglarlo?

Podrías esforzarte más y hacer que te vea.

—¿No te parece?

Su pregunta me saca de mis pensamientos, pero la vibración de mi teléfono me salva. Estoy aliviada, hasta que lo miro y veo el nombre de Hudson parpadeando en la pantalla. Intento agarrarlo rápidamente, pero se me cae de las manos y cae al suelo.

—Te lo alcanzo, —ofrece Holly, mientras veo con horror. Cuando me lo da, la pantalla se ilumina de nuevo. Ella frunce el ceño y luego me mira confundida.

—¿Hudson?— ella pregunta. —¿Por qué mi hermano te está enviando mensajes?

Mi cara se calienta. Intento pensar en una excusa, pero es demasiado tarde. Lo ha descubierto.

—¿Tú y mi hermano?— exclama. —Estás bromeando, ¿verdad?

—No es como se ve...

Me detengo, porque probablemente sea peor de lo que parece.

—Por favor, Hols, déjame explicarte...

—¿Explicar qué? ¿Que tú y mi hermano tengan un bebé para tener en tus manos tu herencia? —acusa.

—Espera, que le pregunte fue idea tuya en primer lugar,

—protesto.

—Porque pensé que nunca lo harías, —responde ella. —Lo estás usando. Obtienes lo que quieres y luego lo tiras.

—No pretendo que me guste. Fui honesta y le hice una propuesta de negocios.

—Entonces, ¿por qué me lo ocultas?— Holly pregunta, la angustia clara en su rostro. Abro la boca para responder, pero luego me doy cuenta de que no sé cómo hacerlo. —No sé, — admito.

—Porque sabías que no lo aprobaría.

—Tal vez, —murmuro.

—¿Sabes qué?— Holly niega con la cabeza. —Ni siquiera estoy molesta por lo que estás haciendo. Es el hecho de que me lo escondiste. ¿Por cuánto tiempo ha estado ocurriendo? ¿Cuándo le pediste que hiciera esto?

Echo mis ojos hacia abajo. —El día que lo sugeriste.

Holly larga una carcajada. —¿Así que te has estado guardando esto durante una semana?— Se ríe de nuevo. —No puedo creer esto. ¿Es por eso que me has estado evitando?

—No te he estado evitando.

—Oh, vamos, —gruñe ella. —Cada vez que te llamó, no respondes. Eres vaga al responder mensajes de texto. Hudson ha estado igual. Prácticamente tuve que arrastrarte hoy. ¿Volviste a ese trabajo?

Sacudo la cabeza. —Holly, lo siento. Realmente lo siento. Si no he respondido tus llamadas, es solo porque estoy avergonzada. No sabía cómo decirte...

—Solo sé honesta conmigo. Es lo que siempre he hecho por ti. Eso es todo lo que espero de ti. Sabes que nunca te juzgaría, ¿verdad? —pregunta.

Asiento con la cabeza. —Lo sé.

Es una de las personas más genuinas que conozco.

—Me duele que no pudieras decirme que mi hermano

realmente accedió a hacer esto contigo. —Ella niega con la cabeza y juro que veo una pizca de sonrisa en sus labios.

—Dios, voy a ser tía. —Se ríe de repente. —Mi hermano va a tener un hijo. Eso es un poco gracioso.

—No nos dejemos llevar demasiado. Ni siquiera estoy embarazada todavía, —le recuerdo.

—Pero ustedes estuvieron ... bueno, ya sabes. —Arruga la nariz.

Me río. —¿Realmente quieres hablar de esto conmigo?

Ella hace una mueca. —No. Pensándolo bien, realmente no quiero.

Me río, el alivio me siento increíble. Por un momento allí, pensé que realmente había perdido a mi amiga. No estoy seguro de poder manejar eso.

—¿Me perdonas? —Pregunto.

Holly sonríe y alcanza mi mano.

—¿Qué piensas?, —Se queja. —Por supuesto que sí. Solo no me mientas de nuevo. Lo digo en serio.

Pasamos el resto de la tarde poniéndonos al día y al final de nuestro tiempo juntas, me siento genial. Resulta que una conversación ligera y sin drama con mi mejor amiga fue exactamente lo que necesitaba. Hablar con Holly y limpiar el aire me hizo darme cuenta de lo ansiosa que estaba por decirle. Estoy muy contenta de que esté de acuerdo con la idea, porque no creo que pueda tener un embarazo sin ella a mi lado.

—Gracias por esto, —le digo, abrazándola fuera del club.

—Debería ser yo quien te agradezca, —responde. —Me vas a dar una sobrina o sobrino — dice entre risas. —Estoy muy emocionado por ti, V. Tú y Hudson van a estar muy bien juntos.

—Sabes que la parte de estar juntos es solo para mostrar, ¿verdad?— Me burlo de ella.

—¿Qué si lo sé? —bromea de nuevo. —Sí. Incluso si aún no pueden verlo, serán muy buenos el uno para el otro. Verás.

Me río y la abrazo por última vez, antes de caminar hacia mi auto.

—Oh y, ¿V?

Miro a Holly y sus ojos brillan.

—No le digas a Hudson que lo sé.

Me río. —Mis labios están sellados.

14

HUDSON

—Cariño, estoy en casa, —murmuro.

Toco suavemente la puerta de su apartamento antes de abrirla y entrar.

Lo siento, la puerta de *nuestro* apartamento.

Han pasado unos días desde que decidimos darle una oportunidad al rojo vivo, y uno de los cambios más importantes fue llegar al acuerdo de que debería mudarme. No es que realmente se sienta como en casa, ya que no hay mucho por aquí, pero me he quedado todas las noches esta semana.

Entro, aliviado de que ella no esté aquí. Ahora la cena que planeo cocinarle puede ser una sorpresa. Ella ha estado bajo tanta presión al tratar de quedar embarazada y este lío con su prima que Valentina necesita una noche libre. Esta noche no se trata de sexo o tener un bebé; se trata de que nos conozcamos en otro nivel.

Puse mis maletas en la mesada y desempaqué mis ingredientes. Solo hay un plato que realmente sé hacer, pero lo hago bien. Bueno, lo suficiente como para engañarla haciéndole creer que en realidad puedo cocinar.

Solo estoy arrojando el último de los ingredientes en mi

olla para la salsa de mi pasta cuando suena mi teléfono. Lo recojo, esperando que sea Valentina, pero en cambio veo a mi hermana.

Holly: ¿Me vas a dejar entrar?

Por un segundo, entro en modo de pánico completo.

Ella está aquí y lo sabe. Ella debe haberme visto afuera.

No. Estoy siendo paranoico.

Probablemente esté en mi departamento y asume que no la escuché tocar.

Yo: Lo siento, no estoy en casa. ¿Qué pasa?

Dios, odio mentirle a Holly, pero no le he dicho a nadie que Valentina y yo estamos juntos, o detalles de la herencia, y menos aún Holly. Suena un golpe en la puerta principal y me cago de nuevo. Quizás mi primer instinto fue correcto. Corro hacia la cámara de seguridad, donde me alivia ver la cara de Valentina mirándome. Me acerco a la puerta.

—Me asustaste muchísimo.

Me detengo, porque Holly también está allí. Da un paso adelante y me da una palmada en el brazo.

—¿Algo que quieras decirme, gilipollas?— ella acusa.

—Auch, —me quejo, frotando mi brazo con ternura. —¿Supongo que sabes?

—¿Qué lo delató? —me pregunta, sacudiendo su cabeza en mí dirección. —Debiste decírmelo. —Ella mira de mí a V. —Ambos deberían haberme dicho.

—Lo sé, lo siento. No estaba tratando de esconderte nada a propósito. Simplemente no quería meter a Valentina en problemas, —le digo, mirando a la susodicha.

—Tienes suerte de que no pueda enojarme con ninguno de ustedes. —Suspira. —Sin embargo, ambos tienen que trabajar seriamente. Pueden comenzar esta noche. Aceptaré comida y alcohol.

—¿Esta noche? —Me río. —Lo siento, pero no, no sucederá. Estoy cocinando la cena para Valentina.

—¿Lo haces? —Valentina me mira sorprendida.

Me encojo de hombros, como si no fuera gran cosa, a pesar de que lo es.

—Sé que has pasado por un poco de estrés con tu prima, así que pensé que podríamos relajarnos un poco.

Sus ojos cálidos mientras se clavan en los míos. —Eso es realmente dulce.

—Dios mío, ustedes dos son tan perfectos el uno para el otro. —Holly hace muecas mientras mira más allá de mí y hacia la cocina. —Entonces, ¿qué estás haciendo?

—Mis famosos espaguetis y albóndigas, —anuncio con orgullo.

—Debí haberlo adivinado, ya que es lo único que sabes cocinar. —Holly se ríe. —Por suerte para mí, es una de mis comidas favoritas.

—Mala suerte, —la corrijo. —Porque no estás invitada.

—Pero me encantan tus espaguetis. —Ella pone mala cara, asomándose el labio patéticamente.

—Está bien, pero puede que no te encante lo que he planeado para el postre. —Le guiño un ojo —Y posiblemente durante la cena. Y antes de la cena...

—Dios, eso es asqueroso, —grita, haciendo una mueca. —Me voy de aquí. Asegúrate de usar protección... —Hace una pausa, con una sonrisa diabólica en su rostro. —Espera, eso iría en contra del propósito, ¿no?

—Adiós, Holly, —gruño, cerrando la puerta en su cara.

Su respuesta desconcertada flota a través de la puerta y luego sus pasos se desvanecen mientras ella pisa fuerte por el pasillo.

—Entonces, ¿tienes hambre?— Le pregunto a Valentina.

—Estoy hambrienta, —admite.

Tomo su mano y la llevo a la cocina. Se ve impresionada con todo el trabajo de preparación que he estado haciendo.

—Definitivamente estás lleno de sorpresas, —declara.

—Tengo algunas. —Cuidadosamente le pongo una cucharada de salsa para que pruebe. —Prueba esto. —Lo sopla con tanta delicadeza que mis pantalones comienzan a contraerse. Solo Valentina podía hacer que probar una cucharada de salsa pareciera sexy.

—Delicioso, —murmura, pasándose la lengua por los labios.

Estoy de acuerdo. Es delicioso.

Solo que no estoy hablando de la cena.

—No puedo creer que sepas cocinar, Hudson.

—Esto cambia el partido, ¿verdad?, —bromeo. —En serio, no te emociones demasiado. A menos que no te importe comer espaguetis y albóndigas cada comida.

—Me gustan los espaguetis y las albóndigas, —murmura.

—¿Puedo ofrecerte una bebida?— Pregunto. —Tengo una hermosa botella de agua con gas que se enfría en el refrigerador.

Le guiño un ojo mientras vierto dos vasos y empujo uno sobre la mesa hacia ella.

—Realmente has hecho todo lo posible.

—Para ti, cualquier cosa. —Tomo un sorbo y luego dirijo mi atención a ella. —Solo quería mostrarte que puedo hablar en serio, que esto es más que solo sexo y que puedes confiar en mí.

—Bueno. Esto significa mucho. Gracias Hudson.

—No me des las gracias hasta que hayas comido.

La cena es deliciosa. Es genial que podamos sentarnos y relajarnos, sin sentir la presión de quedar embarazada y tener un bebé. Cuanto más tiempo paso con ella, más empiezo a dejar que mi mente divague. No puedo evitar pensar en el futuro y la vida que vamos a tener. Sé que esto es solo un acuerdo que nos conviene a los dos, pero ¿y si pudiera ser más que eso?

Tal vez esto podría funcionar en otro nivel.

Sacudo la cabeza, descartando el pensamiento tan pronto como se me ocurre. Ese tipo de pensamiento terminará haciéndonos daño a los dos.

—Perdón por la pequeña broma que Holly y yo jugamos contigo. —La voz de Valentina rompe mis pensamientos. Me río, porque me había olvidado de eso.

—Está bien. Probablemente hubiera hecho lo mismo, —admito. —Me alegra que ella lo sepa. Se sintió extraño ocultarle esto a ella.

—Lo fue también para mí.

Terminamos de ordenar después de la cena y nos acomodamos en el sofá. Tengo algo en mente para el postre, pero a medida que me acerco a ella, puedo decir por la forma en que su cuerpo se tensa que no le gusta.

—Lo siento, Hudson. Ha sido todo sobre sexo durante la última semana, —confiesa. —Estoy tan cansada de eso. ¿Podemos pasar una noche en la que podamos...no?

—Cuando lo pones así, ¿cómo puedo decir que no?

—No quise decir eso...

—V, está bien. —Me siento mal por molestarla. —¿Qué tal si vemos una película?— propongo.

Para ser sincero, me alegro de que quiera un descanso. No me malinterpreten, la follaría todo el día y toda la noche si me diera la oportunidad, pero esto significa que quiere algo más que sexo. Sé que no debería suponer demasiado, aunque no puedo evitar que mi mente divague...

Ella sonríe y luego desliza su mano en la mía, acurrucándose más cerca de mí.

—Eso suena genial.

A mitad de la película, me doy cuenta de que no le presté nada de atención. Me he centrado demasiado en ella, la forma en que se ha acercado a mí, hasta que está sentada en mi regazo. Me encanta sentir que está tan cerca de mí porque siento que puedo protegerla aquí.

De qué exactamente la estoy protegiendo, aún no estoy seguro.

15

VALENTINA

—Lo siento, —dice el oficial encogiéndose de hombros. —Si no te quiere ver, no hay mucho que pueda hacer.

—Gracias.

Le doy una mirada helada antes de girar sobre mis talones y salir de la instalación correccional. Pensé con seguridad que, si venía aquí, me vería, pero aparentemente me equivoqué.

Las lágrimas escuecen mis ojos mientras cruzo el estacionamiento hacia mi auto. Siento que me repudia, lo cual es una locura, porque él fue quien se equivocó, no yo. La peor parte es que lo perdonaría en un segundo si solo me viera y me dijera por qué lo hizo.

Es mi papá. Aparte de la abuela, él es la única persona que me queda.

Me sentí abandonada cuando mamá murió, y ahora lo siento de nuevo. Todas las inseguridades con las que creí que había tratado hace años comienzan a resurgir. Tal vez no soy tan fuerte como pensaba. Tal vez soy tan falsa como mi padre.

Me meto en mi auto justo cuando suena el teléfono.

—¿Hola?— Me quiebro.

—¿V? Necesito un gran favor.

¿Eh?

Me quito el teléfono de la oreja para verificar la identificación y asegurarme de que no estoy alucinando. Efectivamente, el nombre de Penélope está en la pantalla. ¿Dos semanas sin contacto y ahora ella necesita un favor? Esto debe ser bueno.

—Hola, Pen. Encantada de saber de ti. —No me molesto en mantener el sarcasmo fuera de mi voz, pero si ella se da cuenta, no dice nada. —Estoy bien, gracias por preguntar.

En el momento en que perdí mi estatus, ella me abandonó, como casi todos los demás. ¿Ahora ella necesita mi ayuda y se supone que debo dejar todo y ayudarla? Odio la forma en que ha actuado, como si nada hubiera cambiado entre nosotros.

—Bien, eso es genial, —dice con entusiasmo falso. —Pero necesito tu ayuda.

Yo suspiro. —Como mencionaste sin siquiera un saludo. ¿Qué es?

—Necesito que cuides a mi sobrina esta noche, —susurra en voz baja.

—Espera, ¿me estás llamando para pedirme que *haga de niñera* para ti?— Gruño —¿Por qué diablos iba a…

—Hacer cualquier cosa después de la forma en que te he rechazado, lo sé. He sido una perra, y tienes todo el derecho de tirármelo a la cara, pero por favor, ayúdame. No tengo a nadie más a quien pueda preguntar.

Vaya. Para Penélope, eso es casi una disculpa.

—Decirme que soy tu último recurso no está ayudando, —murmuro, aún no estoy lista para perdonarla.

—Holly dijo que debería llamarte, —se lamenta Pen. —Ella dijo que ayudarías.

¿Ella hizo? Arrugo la frente. ¿Por qué Holly le diría que me llamara?

A menos que ella pensara que podría usar la experiencia.

—Bien. Ayudaré.

Suspiro y me froto la cabeza. No imaginé que mi día iba a ser así, pero después de esta mañana, las cosas no pueden empeorar mucho.

—Oh, Dios, gracias, gracias, —exclama. —No tienes idea de lo feliz que estoy de escucharte decir eso. —Tras una pausa, me informa. —La traeré ahora.

Ella termina la llamada y yo miro el teléfono, al borde de un ataque de pánico. ¿Qué diablos estoy pensando? Lo último que necesito es presión adicional sobre mí. ¿Qué pasa si lo arruino por completo?

Le envío un mensaje de texto a Holly. Esto es su culpa por sugerir que Pen me llame.

Yo: Ey, gracias por el aviso. ¿Por qué sugeriste que Pen me llame?

Su respuesta es una llamada telefónica, en lugar de un texto.

—Lo siento, pensé que podrías usar la práctica, —insiste. —Cuidar de Alia será fácil. Ella es la bebé más dulce que he conocido. Confía en mí, la amarás.

Dejo escapar un quejido. Ella no lo entiende. Cuidar al bebé no es el problema. Estoy molesta porque Pen actuó como si todo estuviera bien entre nosotros.

—Lo siento, mi cabeza está por todos lados. No puedo pensar con claridad, —suelto en voz baja.

—Entonces esto te distraerá, —dice Holly, su voz brillante y alegre. —Además, piensa en lo divertido que será ver a Hudson tratando de cuidar a un bebé.

Me río. Eso será bastante entretenido.

—V, esto es en lo que te estás metiendo por el resto de tu

vida. Cuidar a un bebé, incluso durante al menos unas horas, les da a ambos la oportunidad de ver lo que les espera.

Tiene razón.

—Bien. Pero asegúrate de estar de guardia, en caso de que te necesite, —protesto.

—Estarás bien, —asegura.

Después de finalizar la llamada, intento llamar a Hudson, pero no responde. No es el tipo de cosa que quiero poner en un texto, así que decido volver a casa.

De vuelta en mi apartamento, me preparo, mientras espero a Penélope y a la bebé Alia. Paso el tiempo tratando de adivinar cuál será la reacción de Hudson. Cuando escucho la llave en la cerradura, me lanzo sobre él antes de que haya cruzado la puerta, pero antes de que pueda explicarlo, aparece Penélope.

—Muchas gracias por hacer esto, —dice ella, desparramándose debajo del peso de la bolsa de pañales y el carrito para bebés.

Hudson rápidamente da un paso adelante para ayudarla. La mirada desconcertada en su rostro cuando ella le entrega el bebé no tiene precio. Frunce el ceño hacia Alia, y luego me mira confundido.

—¿Algo que necesites decirme?

—Pen necesitaba que alguien cuidara a Alia, —explico, como si no fuera gran cosa.

—Ella es un ángel, —le asegura Pen. —Confía en mí, ella no será un problema en absoluto. Estaré fuera un par de horas, máximo— Agrega mientras sale por la puerta. —Gracias de nuevo, —grita mientras cierra de golpe.

El fuerte ruido sobresalta a la pobre Alia, que inmediatamente comienza a llorar.

—¿Qué debo hacer?— Hudson pregunta, entrando en

pánico. La mantiene alejada de él como si temiera que ella mordiera.

—No sé, ¿agitarla o algo así?, —sugiero. —El pobre probablemente esté aterrorizado.

Busco en la bolsa una mamadera. Me encuentro una que todavía está caliente y lista para ser usada. Se la entrego a él, que se limita a mirarla desconcertado.

—Dásela a ella, —lo persuado, llevándolo al sofá. —Siéntate, de lo contrario te dolerá el brazo, sosteniéndola así.

Se sienta, acunando a Alia más cerca de él. En el momento en que pone la botella en la boca de Alia, ella se queda callada, sus grandes ojos no dejan los de él. Me siento al lado de Hudson, mirándolo con ella, asombrado de lo natural que se ve con un bebé. Levanta la vista y me atrapa mirándolo y entrecierra los ojos.

—¿Qué?— él dice. —¿Por qué me miras así?

—Estoy sorprendida, eso es todo. Eres natural, —agrego.

—Supongo que es una buena práctica, ¿eh? —murmura

—Creo que lo es.

Mi corazón late con fuerza cuando lo veo alimentarla, la expresión de su rostro es de asombro. Me encanta lo rápido se ha encargado de todo. Cuidar al niño de otra persona sin previo aviso debió haber sido un shock, pero ha caído en él con tanta facilidad que estoy emocionada por el futuro. Todas las dudas que tenía sobre si estamos listos para esto están empezando a desaparecer.

Estamos listos para esto. Estoy segura de ello.

16

HUDSON

Podría haberme reído cuando Valentina me llamó natural, pero en secreto, me encantó escucharlo. Estoy sorprendido de lo cómodo que se siente sostener a esta pequeña persona en mis brazos. No se puede negar que es un trabajo duro. Estoy exhausto y solo han pasado un par de horas, pero, aun así, me encanta.

Finalmente se duerme de nuevo, así que la coloco cuidadosamente en el moisés y me preparo para sus gritos. Cuando no vienen, me arrastro hasta el sofá y me hundo en el asiento. Tan pronto como mi trasero golpea el cojín, ella comienza a llorar de nuevo.

—La tomo yo esta vez, —ofrece Valentina.

No discuto mientras ella se acerca y toma a Alia en sus brazos. Simplemente así, se conforma, Valentina la maneja con tanta facilidad que me da vergüenza. Con solo mirarla, puedo decir que será una buena madre. Al verla acunar a Alia, uno pensaría que es su hija. Es como una segunda naturaleza. Valentina mira hacia arriba, sus mejillas se tiñen de rosa cuando me pilla mirándola.

—¿Qué?

—Nada. —No quiero avergonzarla, así que mantengo la boca cerrada.

Cuidadosamente coloca al bebé en su cuna y ambos aguantamos la respiración, esperando que despierte, pero la niña se queda dormida, al menos por ahora. Valentina se acerca de puntillas al sofá y se sube al asiento junto a mí. Me acerco y acaricio su mejilla. No la he visto lucir tan viva en... bueno, nunca. Deslizo mi dedo hacia su boca y trazo el contorno de sus labios carnosos y rojos. Luego inclino su rostro hacia el mío para que me esté mirando. Le acaricio el pelo, disfrutando de la sensación de estar tan cerca de mí.

—Nuestro bebé será el niño más afortunado del mundo, —le aseguro.

Ella se ríe nerviosamente, con los ojos entrecerrados.

—Todavía no hemos llegado a eso.

—Quizás no, pero lo haremos. —Me detengo. —Esto, esta noche, me ha hecho darme cuenta de cuánto quiero esto. Tampoco estoy hablando solo de tener un bebé.

—¿Entonces de qué estás hablando?— Su voz es apenas audible mientras su mirada parpadea en la mía.

Me inclino más cerca, rozando mis labios contra los de ella, mis dedos acariciando suavemente la parte posterior de su cuello. Sus ojos se abren, buscando los míos por un momento antes de que se cierren de nuevo y se pierdan en el beso.

—Probablemente deberíamos parar, —murmuro.

Ella arquea una ceja y toma mis manos, jalándolas alrededor de su cintura. Aprieto mi agarre mientras sus labios rozan los míos, aumentando la intensidad entre nosotros. Esto está muy lejos de la torpe y nerviosa tensión que hubo entre nosotros esa primera noche juntos. Me está tomando todo lo que tengo para no llevarla a su habitación y seguir mi camino con ella. Lo único que me detiene es Alia.

Como si fuera una señal, el suave y constante gemido del bebé llena la habitación. Aguanto la respiración, deseando que vuelva a dormir, pero ella solo se vuelve más ruidosa. Suelto una queja y de mala gana me alejo.

—Justo a tiempo. —Mi voz gotea con sarcasmo.

Extendí la mano para detener a Valentina cuando se pone de pie.

—Permíteme.

Caminando hacia el coche, me agacho y cuidadosamente pongo al pequeño bulto en mis brazos. La sostengo contra el calor de mi pecho y ella se acomoda de inmediato, volviendo a dormir mientras se aferra a mi meñique. Me inclino y beso su pequeña mano, asombrado de lo pequeña que es. Y esta es una niña de tres meses. Imagina cuán pequeño y delicado se va a sentir un nuevo bebé.

—¿Qué estás pensando?

Me doy la vuelta, sorprendido de encontrarla allí mismo. Ni siquiera la escuché levantarse del sofá. Miro a Alia maravillada, tratando de expresar con palabras lo que siento.

—Estoy asombrado de lo pequeña que es.

—Miedo, ¿no?

Ella no tiene idea.

Con la bebé a salvo en mis brazos, camino hacia el sofá y me siento. Ella me mira con sus grandes ojos azules llenos de confianza y esperanza. Siento que va a romperse en mis brazos. Me duele el corazón, la necesidad de protegerla crece dentro de mí con cada segundo.

Me arrullo suavemente, observando cómo sus pequeños ojos se vuelven pesados. Ella también es muy fuerte. La forma en que está agarrando ese dedo no se compara con nada. Está luchando contra el sueño, pero el ritmo constante de mi balanceo es suficiente para enviarla a soñar. Es casi suficiente para enviarme también.

—¿Te gustaría un café?

Miro a Valentina y acepto agradecido, deseando haber pensado en eso antes.

—Por favor. Que sea uno triple.

Cuando sale de la habitación, me acurruco en el sofá y cierro los ojos, sofocando otro bostezo. Solo descansaré mis ojos por un segundo.

Solo hasta que regrese...

17

VALENTINA

—El café está listo, —anuncio.

Entro en la sala de estar, pero luego me detengo abruptamente cuando veo que Hudson está profundamente dormido en el sofá. Alia se acurruca contra su pecho, sus ronquidos lentos y constantes se complementan entre sí.

Con cuidado, dejo las tazas sobre la mesa de café y me acerco a ambos. Me siento tan cerca de Hudson como puedo sin despertarlo. Se ven tan dulces, ambos profundamente dormidos y ajenos a mi presencia. Todo lo que necesito hacer es pensar en lo increíble que es y mi corazón siente que va a explotar.

Cualquier duda que tenía sobre Hudson en el desafío de tener un hijo ha sido silenciada por su habilidad natural para cuidar a Alia esta noche. No puedo superar la facilidad con que se ha decidido a cuidarla. Estoy casi triste de que se vaya a casa esta noche, aunque estoy bastante segura de que eso cambiaría alrededor de las tres de la mañana cuando grite y no sepa la razón.

Con el corazón acelerado, deslizo mi mano sobre mi estómago, la sensación de vacío me golpea tan rápidamente y de la nada que me siento ansiosa. ¿Qué pasa si no nos ocurre? Millones de mujeres luchan por concebir, lo dije yo mismo. ¿Qué pasa si soy una de ellas?

Ni siquiera se trata del dinero. Dejó de ser eso hace mucho tiempo. Esta soy yo y mi deseo de ser madre. Es como si necesitara esto para darme cuenta de lo mucho que quiero tener hijos. Quién sabe, tal vez mi abuela pudo ver algo dentro de mí que estaba demasiado ciega para entender. Lo más difícil es que sé que no me estoy haciendo ningún favor al pensar en ello.

Deja de preocuparte por el futuro, V. No va a ayudar.

En todo caso, podría hacer las cosas más difíciles.

El fuerte zumbido de mi teléfono me sobresalta. Lo saco de mi bolsillo y veo un mensaje de Pen. Ella está en camino a recoger a Alia. Recojo sus cosas en silencio, no queriendo despertarlas hasta el último minuto. Estoy tan distraída por lo que estoy haciendo que antes de darme cuenta, han pasado diez minutos. Me siento al lado del durmiente Hudson acunando al bebé contra su pecho y saboreo los últimos momentos de verlos dormir. ¿Por qué me han entrado ganas de llorar? ¿Es porque Alia se va pronto? ¿O es porque estoy aterrorizada de que esto sea lo más cerca que esté de ser madre?

—V? Abre.

Me estremezco ante el sonido de la voz aguda de Pen y el sorprendente golpeteo en la puerta. Echo un vistazo a Hudson, no me sorprende ver que se ha despertado con el sonido. Él mira a su alrededor, con una sonrisa tímida en su rostro mientras sofoca un bostezo.

—Supongo que me quedé dormido, —murmura.

—Supongo que sí, —le susurro, corriendo hacia la puerta antes de que Pen vuelva a llamar.

Abro y ella se desliza dentro mientras Hudson se pone

de pie, con Alia todavía dormida. Pen recoge las bolsas y carga su otro brazo con el portabebés después de que Hudson colocara con cuidado al bebe.

—Muchas gracias, —suelta, su voz más fuerte que nunca. —Realmente me ayudaste a salir de un aprieto. —Ella suelta una carcajada aguda y luego comienza a caminar hacia la puerta. —Llamaré, —promete mientras flota por el pasillo. —Almorzaremos, como en los viejos tiempos.

Y con eso, se retiró.

Sacudo la cabeza y cierro la puerta, volviéndome hacia Hudson.

—Eso fue... interesante, —comenta, envolviendo sus brazos a mi alrededor.

—Interesante es una forma de describir a Pen, —estoy de acuerdo. Estrecho los ojos cuando recuerdo algo que Hudson había dicho antes. —Oye, cuando dijiste que yo no era lo que imaginabas, ¿Qué te habías imaginado?

—Penélope, —termina.

—¿De verdad?— Se me abre la boca. No sé si debería causarme gracia o sentirme insultada.

Me dirijo hacia el sofá, poniéndome cómoda en el cojín de felpa. Es extraño, pero sin la presencia de Alia, siento que falta una parte de mí. Estoy tratando de entender lo que siento cuando me doy cuenta de que Hudson me está estudiando.

—¿Está todo bien?— pregunta. Se ve preocupado.

Asiento con la cabeza. —Creo que cuidar al bebé me hizo darme cuenta de cuánto quiero esto, y me temo que no lo vamos a conseguir.

Considera mis palabras mientras se sienta a mi lado. También hay tristeza en sus ojos, lo que me sorprende.

—Yo también— admite. —Loco, ¿no? La mayoría de las personas agradecería poder enviar al bebé a casa. Aquí estamos molestos por eso. —Alcanza el botón superior de mi camisa y la abre. —Sin embargo, hay cosas que deberíamos aprovechar.

—¿Sí?— Pregunto, mordiéndome el labio.

Creo que me gusta a dónde se dirige esto ...

18

HUDSON

—Va a suceder, —le prometo.

Puedo decir que el hecho de que no nos haya sucedido todavía la preocupa. Estoy seguro de que no hay nada realmente malo. Es solo que no lo hemos intentado durante mucho tiempo, y todavía estamos trabajando en su ciclo. Investigué un poco, y el tiempo promedio que la mayoría de las parejas pasan tratando de concebir es de tres meses. Ni siquiera hemos llegado a la mitad de eso todavía.

—¿Cómo puedes estar tan seguro?— me pregunta, con sus ojos oscuros lucen escépticos mientras abro otro botón en su parte superior.

—Porque lo sé. Confía en mí, —le digo.

La verdad es que no sé si va a suceder. No puedo saber, tampoco ella. Lo único que podemos hacer es seguir intentándolo y esperar que quede embarazada.

Me muevo al siguiente botón, continuando mi camino hacia abajo hasta que se abre la parte delantera de su camisa. Luego inclino su barbilla hacia arriba y presiono mi boca contra la de ella. Ella duda por un segundo, pero luego cae en el momento tanto como yo. Mis dedos acunan su rostro, sus hermosos y suaves labios, mi punto focal. Ella es lo único que me importa en este momento.

Me pongo de pie y extiendo mi mano, tomándola en mis brazos cuando se pone de pie. Su risa resuena por el apartamento mientras la llevo al dormitorio y la tiro sobre la cama. Estrecho mis ojos juguetonamente hacia ella, lo que solo alimenta su diversión. El hecho de que ella encuentre esto tan divertido es como matar mi confianza.

—¿Qué es tan gracioso?— Me quito los pantalones y los tiro sobre mi hombro.

—Tú, siendo tan...

—¿Irresistible?— Pregunto. —¿Encantador?, ¿Guapo?

—Iba a decir cachondo— Sus ojos se iluminan. —¿No debería tener un hijo cerca tener el efecto contrario?

—Uno pensaría eso, —estoy de acuerdo. —Pero aparentemente no.

Se muerde el labio, sus ojos oscuros brillando con anticipación mientras bajo mis boxers. Mi polla brota, demostrando que estoy duro como piedra y listo para complacerla. Ella espera con anticipación mientras me subo a la cama, hasta que me cierne sobre ella.

—Eres tan increíble,— retumbo.

Alcanzo detrás de ella para desabrochar su sostén y se lo quito para revelar sus senos suaves y llenos. Gimo, mi polla palpita mientras giro su pezón entre mi pulgar y mi dedo índice. Ella gime y se recuesta, llevándome con ella. Mi boca encuentra la de ella y nos besamos, nuestros labios se juntan, mientras mis dedos comienzan su viaje por su estómago. Llego al borde de sus jeans y los desabrocho con una mano, tirando de la cremallera. Levanta su trasero de la cama y enrolla sus jeans sobre sus muslos blancos y cremosos, luego los patea para liberarlos, y paso mis manos sobre sus muslos desnudos, hasta que alcanzo sus bragas. Suspiro cuando siento lo mojada y lista que está.

—He estado esperando hacer esto todo el día,— murmuro.

—Santo cielo,— susurra, con una sonrisa soñadora formándose en sus labios mientras dejo que mis dedos la exploren a través del delgado trozo de tela.

—Te gusta eso, ¿verdad? —Murmuro

Me inclino hacia adelante y la beso de nuevo, mientras mis uñas raspan sus bragas ahora mojadas. Deslizo mi lengua sobre sus senos y beso mi estómago, acercándome peligrosamente a la parte más interna de su muslo. Ella gime cuando aparto sus piernas aún más, saboreando cómo reacciona su cuerpo al tenerme tan cerca de ella. Dios, puedo oler cuánto me quiere. Nunca he estado tan excitado en mi vida.

—Sí, —jadea, levantando su espalda de la cama mientras empujo a un lado sus bragas y la beso en la entrada.

Ella gime y acuna mi cabeza, rogándome que la pruebe.

—Por favor, —ruega. —Dios, por favor.

—Ya que lo pediste tan amablemente.

Mantengo mis ojos en ella mientras deslizo mi lengua profundamente en su coño. Está tan mojada, como si hubiera estado esperando esto. Acelero, sus caderas se balancean contra mi cara, y agarro sus muslos. Ella jadea cuando mi lengua rodea su clítoris, moviéndose de un lado a otro. Le paso la lengua por el coño hasta que su respiración baja. Cuando siento que está cerca de llegar al clímax, me detengo.

Sus ojos se abren y ella me mira sorprendida.

—¿Porque te detuviste?— ella exige.

—Porque preferiría que vinieras mientras estoy dentro

de ti, —le digo, deslizándome por la cama hasta que estamos a la altura de los ojos.

Tomo su mano y la atraigo hacia mí, hasta que se sienta a horcajadas sobre mí. Sosteniendo su cintura, la levanto y la empujo hacia abajo sobre mi polla, conduciendo profundamente dentro de ella. Gruño, la sensación de mi polla deslizándose por su coño resbaladizo es casi demasiado para mí. Echa la cabeza hacia atrás cuando comienza a venir, su coño se tensa alrededor de mi polla. Me deslizo a través de su humedad, moviéndome más rápido y más duro con cada empujón. Verla entrar en mi polla es suficiente para llevarme allí también. Gimo, su coño se aferra a mí cuando llega al clímax.

Me duele todo el cuerpo cuando la bombeo, como si suplicara que me soltaran. La balanceo de un lado a otro, arqueo mi espalda, golpeándola contra mis bolas, mi polla se convulsiona mientras la libero. Me muevo hacia adelante, conduciendo profundamente dentro de ella otra vez mientras ella se retuerce en mi polla. Ella se baja de mí y luego cae sobre la cama, con la respiración agitada.

—Deberíamos cuidar niños más a menudo.

Su rostro brilla cuando libera una risita sin aliento.

—Con un poco de suerte, no necesitaremos hacerlo pronto, —respondo, dándole un guiño descarado.

—Oh, ¿crees que encontraremos mucho tiempo para eso con nuestro propio hijo?— ella se burla.

—Haremos tiempo, —le prometo. —Además, con todo el dinero que tendremos, estoy seguro de que podemos contratar a una niñera sexual.

—Y te garantizo que tendrá un significado totalmente diferente para cualquiera que solicite ese trabajo. —Ella hace una mueca de náuseas.

—Buen punto. —La beso, mi boca persiste en la suya

hasta que ella se aleja, con una leve sonrisa en sus labios. —Probablemente debería dejarte a cargo de la publicidad de eso entonces, ¿eh?

Ella asiente con la cabeza mientras se acurruca contra mí. Beso su frente y mis dedos acarician suavemente su hombro. Ella cierra los ojos y sonríe.

—Esto es bueno, ¿eh?

—¿Qué?, ¿El sexo? Bueno, no me gusta presumir, pero soy bastante bueno...

—No, quiero decir después del sexo, —interrumpe. —El hecho de que podemos acostarnos aquí y hablar. Siento que algo ha cambiado entre nosotros. No lo sé, tal vez solo soy yo. — Valentina mira hacia otro lado, avergonzada.

—No eres solo tú, —digo suavemente.

Yo también lo siento, y el hecho de que lo mencione me da la esperanza de que lo que siento no es unilateral. Quiero preguntarle más sobre lo que está pensando, pero antes de tener la oportunidad, está dormida en mis brazos. Le acaricio la piel suave y sonrío, porque esto parece estar sucediendo mucho: quedarse dormida mientras me pierdo en mis pensamientos. Hay tantas cosas que quiero discutir con ella sobre nuestro futuro, ¿qué sucederá después de que nazca el bebé?, y por más morboso que sea, ¿qué nos pasará después de que su abuela se haya ido? El contrato dice que podemos divorciarnos en el momento en que el bebé esté aquí. ¿Es eso lo que Valentina quiere? Porque no estoy seguro de que sea lo que quiero.

Cerrando los ojos, trato de obligarme a dormir, pero no puedo apagarlo. Pensé que esto iba a solucionar todos mis problemas. Demonios, probablemente lo hará.

La desventaja es que ha creado muchos problemas nuevos en su lugar.

19

VALENTINA

Las últimas semanas han sido más que increíbles. Hudson y yo realmente nos hemos adaptado a un patrón de vivir juntos y ser una pareja. Espero que vuelva a casa y me encuentro soñando despierta sobre el futuro. Me encuentro olvidando qué es esto y viéndonos como una pareja real, pero luego, tan rápido como me pierdo en las posibilidades, sucede algo que me recuerda lo que realmente es. Como una llamada telefónica de mi abuela.

—Hola, Abue, —le digo por teléfono.

—Valentina. ¿Cómo estás?

—Bueno.— Me detengo, sabiendo que su próximo comentario probablemente será sobre mi falta de contacto. —He estado ocupada.

—Me imaginé. —Bromea. ¿Por qué si no, no hubiera sabido nada de ti? ¿Te ofrezco dinero y nunca más te vuelvo a ver? A menos que cuente el servicio de mensajería que enviaste para entregar tu contrato. —Casi puedo imaginarla sacudiendo la cabeza con desaprobación. —Es mejor que te vigiles a ti misma o la gente podría pensar que solo estás detrás de mi dinero.

Cierro los ojos, apretando la mandíbula. —He tenido la intención de llamar, pero...

—Has estado ocupada. Eso dijiste. Espero que eso signifique que me has estado haciendo un nieto, —responde ella.

Reprimo una risa. Lo hemos estado intentando, pero realmente no quiero que piense en eso.

—Basta de hablar, Valentina. Hay algo de lo que necesito hablar contigo.

—Déjame adivinar, —suspiro. —Amanda.

—Ella me dijo que la atacaste en la clínica. Aparentemente, causaste toda una escena.

—¿Te dijo que la ataqué?— resoplo. El nervio de esa chica. —Apenas. Y apuesto a que ella también omitió algunos datos clave, como que estuviera leyendo mi archivo de paciente.

—Ustedes dos realmente necesitan resolver sus diferencias,— suspira.

—Usted es quien nos puso en la línea de fuego, — le protesto.

¿Qué pensaba que iba a pasar? ¿Qué caeríamos en los brazos una de la otra y llamaríamos una tregua?

—Al contrario de lo que piensas, en realidad quiero que se lleven bien, —responde. —Cuando les ofrecí a ambas la misma oferta, esperaba que pudieran resolver las diferencias y dividir el dinero. Ayudarse una a otra. Ya sabes, como lo haría una familia de verdad.

—¿Has conocido a Amanda? — La cuestiono en forma amarga. —No hay ninguna forma de que ella esté de acuerdo con eso.

—Cuida tus palabras, Valentina, —interrumpe Abue, su tono agudo.

Cierro mis ojos. —Lo siento, pero incluso si quisiera

pedir una tregua con Amanda, ella nunca estaría de acuerdo. Me odia. Nada va a cambiar eso.

—Sí, estoy empezando a darme cuenta de eso,—revela.
—Entonces, ¿cómo van las cosas?— me pregunta en un obvio cambio de tema. —¿Cuándo voy a conocer a este joven tuyo?

—¿Quieres conocer a Hudson?— Repito.

Eso no puede ser algo bueno.

—Si, por supuesto que lo hago.— Insiste. —¿Por qué no lo traes a tomar el té de la tarde? Él, después de todo, va a engendrar a tu hijo. Creo que me he ganado el derecho de asegurarme de que sea digno de ti.

—Está bien, iremos— cedo, sabiendo que no hay forma de salir de esto.

Levanto la vista cuando se abre la puerta y le sonrío a Hudson, que acaba de llegar a casa después de unos recados del sábado por la mañana. Mi corazón late un poco más rápido al ver esos ojos ardientes. Se acerca y me besa en la mejilla y mira cuestionablemente el teléfono.

—Bueno.— Abue suena satisfecha. —Te veré a las tres.

—¿Quién era esa?— Hudson pregunta cuándo finalizo la llamada.

—Mi abuela.

Me acerco al sofá y me siento, una ola de ansiedad me golpea. No estoy seguro de cómo va a reaccionar ante la idea de conocerla hoy.

—¿Que quería ella?— pregunta, sentándose a mi lado.

—Ella quiere conocerte.

—¿En serio?— Parece preocupado, y después de todo lo que le he contado sobre ella, no lo culpo. —¿Por qué querría conocerme?

—Probablemente para juzgarte,— supongo, intentando hacer una broma. —Y hacerte tantas preguntas embarazosas e invasivas como se le ocurran. Solo prepárate para ser interrogado sobre tus antecedentes y tu familia. Vas a estar bien.

—Genial, no puedo esperar,— dice.

Llegamos a la casa de mi abuela a las tres en punto. Mientras nos paramos en su terraza junto a la puerta principal, miro a Hudson, que se ve un poco verde. Estoy empezando a pensar que mi intento de prepararlo con los tipos de preguntas que Abue podría hacerle le ha hecho más daño que bien. El pobre chico se ve aterrorizado.

—Estará bien,— le aseguro. Y a mí misma. —Estoy seguro de que ella te amará.

Golpeo la puerta y segundos después, se abre.

Fran nos frunce el ceño. —¿Sí?

—Fran. Soy yo. ¿Valentina?

Ella me parpadea con una expresión vacía. No estoy segura de si realmente soy tan memorable o si ella simplemente disfruta fingiendo no saber quién soy.

—Oh. Correcto. Tu abuela está afuera,— arrastra la voz. —Confío en que puedas dirigirte ahí afuera.

—Gracias— digo, sorprendida de que se me permita anunciarme.

Solo ha tomado veintitrés años.

Llevo a Hudson al interior, a través de la mansión, hasta las puertas traseras que conducen al balcón. En cada habitación por la que pasamos, los ojos de Hudson se abren un poco más, al punto en el que me temo que se saldrán de su cabeza. Es como si nunca hubiera estado en una mansión del siglo XIX perfectamente restaurada, en uno de los barrios más prestigiosos de Savannah.

—¿Soy solo yo o pareces impresionado?— Bromeo
Sacude la cabeza con asombro. —Este lugar es increíble. Es como un palacio. ¿Estás segura de que tu abuela no es de la realeza, o algo así?

—Sí estoy segura. Aunque a veces ella actúa como si fuera la reina de la maldita Inglaterra — murmuro por lo bajo.

Me enderezo mientras caminamos afuera, porque no hay nada más molesto para mi abuela que una mala postura. El asombro de Hudson continúa mientras caminamos. Debería haber conocido el lago privado, completo con su propia isla galardonada de jardín de rosas, sería demasiado para él.

—Ahí está.— Saludo con la cabeza a Abue, que se sienta en su lugar habitual junto al lago.

—¿Esa es tu abuela?— Hudson consulta. —Se ve demasiado frágil para ser tan aterradora como dices.

—¿Oh en serio?— Pregunto, sintiendo un desafío.

La llamo y la saludo hasta que levanta la vista del libro que está leyendo. Ella asiente con la cabeza, luego regresa a su libro.

—¿Ves?— Le doy una mirada petulante.

—¿Ver qué?— Hudson pregunta. —Obviamente está en la luna de que estamos aquí. Mírala a ella. Apenas puede contener su emoción.

—Sé que estás bromeando, pero en realidad está en algo —, le digo con una risita. —Esa inclinación de cabeza es su equivalente a hacer volteretas en el balcón.

Mis dedos hormiguean cuando Hudson envuelve su mano alrededor de la mía. No tengo idea de por qué, pero tenerlo a mi lado me hace sentir más relajada que nunca. No sé por qué, pero mi instinto es que a la abuela le va a gustar Hudson. Claro, la mitad de lo que dice está mal y el resto es simplemente ofensivo, pero no puedes evitar amarlo.

¿Es eso lo que estoy sintiendo? ¿Amor?

El pensamiento me toma por sorpresa y no sé cómo procesarlo. Mi corazón se acelera, porque incluso si me estaba enamorando de él, no estoy segura de estar listo para admitirlo.

—Valentina— Abue deja su libro cuando la alcanzamos. —¿Vas a presentarme a tu amigo?

—Este es Hudson,— digo nerviosa, sintiendo revoltijos en mi estómago. Lo miro. —Hudson conoce a mi abuela, Vera.

—Es un placer conocerte,— dice amablemente, tomando su mano para besarla.

Exhalo, aliviada. Después del espectáculo que realizó en la clínica, no estaba seguro de qué esperar, pero él es el caballero perfecto.

Abue le devuelve el saludo con su expresión fría habitual, pero su reacción no lo perturba en lo más mínimo. El pobre tipo no tiene idea de cuántos años le toma a la mayoría de las personas romper su caparazón exterior. Diablos, ni siquiera estoy convencida de haberlo logrado todavía.

Ambos nos sentamos cuando comienzan las preguntas. Él responde a todo lo que ella pregunta con honestidad y un nivel de consideración que me deja impresionado. Pero mientras los escucho conversar, estoy segura de que hay algo en la mente de mi abuela. Parece distraída, como si esperara a alguien. El pánico surge a través de mí. No le habría pedido a Amanda que se uniera a nosotros, ¿verdad?

—Hay otra razón por la que quería verte, Valentina.

Inmediatamente me puse tensa porque sé que está relacionado con Amanda o ha agregado otra condición al acuerdo. Tal vez ella ha extendido su oferta a toda Savannah. Ya nada me sorprendería. Parece que cada vez que me adelanto un poco, soy una tonta golpeada hacia atrás. No estoy segura de cuánto más puedo soportar.

—¿Qué otra razón?— Pregunto, preparándome.

—Es Amanda ...

Lo sabía.

—Ella está comprometida.

Guau. No esperaba eso. Mi corazón late en mi pecho mientras me siento hacia adelante. Siento que me han sacado todo el aire de los pulmones y estoy luchando por respirar. Hudson pone su mano en mi espalda y me da un masaje tranquilizador. Respiro hondo y me obligo a relajarme. No es como si estuviera embarazada. Casado o no, ella no está más cerca de ganar esto que yo. Entonces, ¿por qué todavía siento que voy a vomitar?

—¿Cuándo sucedió eso?— Tengo el coraje de preguntar.

—Ayer— Me mira por encima de sus gafas. —Ella será la anfitriona de su fiesta de compromiso aquí esta noche y le encantaría que pudieras asistir.

Solo para que pueda regodearse de ser la primera en comprometerse.

—No me lo perdería por nada,— digo con rigidez.

La abuela suspira. —Valentina, ella es familia y no quiero que causes una escena en esta fiesta. Ustedes dos necesitan aprender a llevarse bien, —agrega.

—Sigues diciendo eso—, expreso. —Pero no va a suceder.

—Bien.— suspira. —Sé que puede parecer que estoy trabajando en tu contra, pero confía en mí Valentina, no lo estoy. Tu madre hubiera querido que ustedes dos fueran amigas—.

¿Cómo se atrevía a traer a mi madre a esto? En todo caso,

mi madre habría podido ver qué vaca egoísta es Amanda y me habría apoyado en esto. Respiro hondo, tratando de contener mis emociones.

Atacar a mi abuela no va a ayudar a nadie, y menos a mí.

—¿Dónde está tu anillo?— ella pregunta de repente.

Mi cara arde mientras golpeo mi otra mano sobre el espacio desnudo donde solía estar el anillo de mamá.

—Las hormonas que el especialista me da hacen que mis dedos se hinchen, —dije.

Ella acepta mi excusa y luego mira a Hudson.

—¿Puedo preguntar cuáles son tus intenciones con mi nieta?

—Creo que acaba de preguntar,— le informa Hudson. —Pero para responder a su pregunta, planeo casarme con ella.

—¿Llamas a eso una propuesta?— Abue se ríe.

—No. Llamo una a lo que hice anoche en la cama. Una propuesta, eso es,— agrega rápidamente, dándose cuenta de cómo sonaba eso. —Como le propuse anoche. No estaba sugiriendo que hiciéramos algo inapropiado.

—¿Ya están comprometidos?

Ella me mira sorprendida. Asiento, confirmando la noticia a pesar de que es la primera vez que oigo hablar de eso. Estudio a la anciana, segura de haber visto el fantasma de una sonrisa en sus labios.

¿Mi abuela sonriendo? Eso es algo que no he visto en mucho tiempo.

—Bueno.— Ella asiente satisfecha. —¿Y cuándo es la boda?

—Es un secreto,— respondo rápidamente. Echo un vistazo a Hudson, que asiente.

—Bien entonces. Supongo que las felicitaciones están en orden.— Vera aplaude mientras se pone de pie y me besa en la mejilla. Se vuelve hacia Hudson y se enciende. —Bienvenido a la familia.

Parpadeo, abrumada por su reacción. Nunca la había visto tan feliz. Honestamente, no esperaba que ella reaccionara en absoluto, y lo aceptaba. Pero esto... es como si ella quisiera que ganáramos.

—Fran—, grita ella. —Trae una botella de champán, por favor.

La criada regresa corriendo con una botella de champán que sin duda costó más que mi auto, y tres copas para beber su contenido. Sacudo la cabeza cuando me ofrece uno. Gran me mira sorprendido.

—¿Desde cuándo no te gusta el champán?

—Desde que estoy tratando de quedar embarazada, —le recuerdo.

Ella pone los ojos en blanco. —Un vaso pequeño no te va a matar, Valentina. ¿Quizás la razón por la que estás teniendo problemas es porque eres demasiado tensa?

Hudson tose para sofocar una carcajada. Incluso yo estoy tratando de ocultar mi diversión, porque esa es la abuela a la que estoy acostumbrado.

—Bien.— Abue agita su mano y llama a Fran para que busque una botella de agua con gas. —También podría tomar el champán—, agrega cuando regresa. —Puedes brindar por el nacimiento de mi nieto, —agrega, su tono apuntando.

Pongo los ojos en blanco a Hudson. No hay presión allí.

Terminamos de celebrar nuestras noticias de compromiso con Gran, y luego decidimos regresar a casa unas horas antes de la fiesta. Me he mantenido unida hasta este punto, pero a medida que caminamos hacia el auto, toda la frustración que he estado conteniendo comienza a surgir.

—Oye,— susurra Hudson, envolviendo sus brazos alrededor de mí. Me limpia las lágrimas perdidas que ruedan por mis mejillas. —Todo está bien en el mundo otra vez, ¿recuerdas? Están comprometidos, pero nosotros también.

—¿Estamos realmente comprometidos?— Yo susurro.

El asiente. —¿Después de aquella espectacular propuesta de anoche? Será mejor que lo estemos.

Mi corazón se hincha cuando él me acerca y me besa. Sonrío y cierro los ojos, diciéndome que está bien. Pero no estoy seguro de si alguna vez estará bien, porque acabo de comprometerme con un hombre con el que me caso por dinero. Un hombre del que me he enamorado potencialmente.

Y me aterra lo feliz que me hace.

20

HUDSON

Por segunda vez en el día nos encontramos en la casa de Abue. Los lujosos autos llenan el largo y extenso camino de entrada y Valentina parece que no puede llamar a la puerta.

—¿Qué sucede?— Pregunto, sintiendo que algo está mal.

Ella me da una pequeña sonrisa, sin mirarme a los ojos.

—No es nada. De verdad, es estúpido, pero supongo que ver todos estos autos y saber que mi familia está adentro hizo que me diera cuenta de cuánto extraño a mi padre.

La rodeé con mis brazos, sin saber qué decir para que se sintiera mejor. No había considerado que el problema podría ser más grande que solo su abuela y Amanda, aunque tiene sentido.

—¿Por qué no intentas volver a verlo?— sugiero.

—No tiene sentido. La última vez que fui se encargó de hacerme entender que estaba perdiendo el tiempo. — Responde, respirando hondo mientras hace todo lo posible para convencerme de que está bien. —¿Podemos terminar con esto? ¿Por favor?

—Por supuesto que podemos—, le susurro al oído. —Estará bien. Créeme. Estoy aquí a tu lado. Todo el camino.

Presiono mis labios contra su frente, luego inclino su rostro hacia el mío para poder besarla correctamente. Con los ojos entrecerrados, me sonríe, algo de la tensión dentro de ella parece desaparecer. Al enderezarse, respira hondo y lo libera lentamente.

—Gracias. Creo que necesitaba eso.

Miro en dirección a la puerta. —¿Quieres que vaya primero?

Ella sacude la cabeza, una mirada de determinación llena sus ojos.

—Nop. Hagámoslo.

Desde el momento en que entramos, Valentina se convierte en una persona diferente. La chica vulnerable e insegura que estaba consolando afuera se fue hace mucho tiempo, y en su lugar, está la Valentina que siempre he conocido.

Descarada, confiada y segura de sí misma.

Su mano agarra firmemente la mía mientras escanea la habitación. Su movimiento se detiene cuando ve a Amanda. Supongo que es para que podamos mantenernos fuera de su camino, así que me sorprende cuando marcha en su dirección. Amanda levanta la vista cuando nos acercamos, sus ojos parpadean de satisfacción. Su sonrisa titubea ligeramente cuando V da un paso adelante y la abraza.

—Felicitaciones, —Valentina brota. —Estamos muy felices por ti.

Las veo abrazarse, asombrado de lo compuesta que está Valentina, especialmente porque sé cómo se siente realmente por dentro. Capto la atención de Vera y noto la mirada melancólica en su rostro. Ella sonríe cuando se da cuenta de que la estoy mirando. Valentina puede no darse cuenta, pero su abuela está orgullosa de ella. Puedo verlo en sus ojos.

—Gracias Valentina. Es una gran noticia, ¿no? —Expresa Amanda, recuperándose rápidamente. —Estoy muy feliz por mí misma. Ya sabes lo que dicen. Primero viene el matrimonio y luego vienen los bebés en lindos cochecitos Versace.

Su risa aguda me hace estremecer, al igual que su obvio intento de hacer que Valentina se sienta lo más insegura posible. Doy un paso adelante y coloco mi mano en la espalda de Valentina para darle mi apoyo, pero ella está obsesionada con Amanda.

—Que alguien le dé un Oscar a la mujer, —murmuro en su oído.

Ella reprime una carcajada, mientras Amanda sigue parloteando sobre cuán perfecta es su vida ahora que está comprometida. Está tan absorta que probablemente podría follar a Valentina en el suelo, justo delante suyo, y no se daría cuenta.

—Entonces, Amanda,— interrumpo. ¿Dónde está este futuro marido tuyo? Los dos estamos muy emocionados por conocerlo.

Valentina me parpadea, obviamente preguntándose qué diablos estoy haciendo, pero la verdad es que solo quiero ver qué tipo de imbécil se sometería a un matrimonio con alguien como Amanda. Justo como pensaba, Amanda aprovecha cualquier oportunidad para frotar su compromiso en la cara de Valentina. Ella saluda a su prometido, quien se une a nosotros. Extiende su mano hacia mí y luego a Valentina, dándonos a ambos una cálida sonrisa.

—Hola. Soy Jackson. —Saluda.

Estoy casi decepcionado, porque parece un tipo agradable y tranquilo, alguien que no esperaba estar con una chica como Amanda. Sería mucho más fácil odiarlo si fuera un imbécil. Charlamos durante unos minutos, hasta que Amanda se aburre de no ser el punto focal de la conversación.

—Está bien, mejor vamos a mezclarnos con el resto. —Se echa el pelo sobre el hombro y nos mira. —Estoy segura de que todos esperan su oportunidad de felicitarme.

—Estoy seguro de que lo hacen—, contesto, logrando mantener una cara seria.

—Fue encantador verte de nuevo, Hawthorne, —me ronronea.

—Hudson, —la corrijo.

—Correcto, —dice Amanda arrastrando el brazo sobre el hombro de Jackson. Le da un beso a Valentina. —Hablaremos más tarde, ¿vale?

Después de que se van, Valentina se vuelve hacia mí, con una expresión agria en su rostro.

—Maldición, realmente quería odiarlo. ¿Qué hace un buen tipo así con ella?— murmura, haciéndose eco de mis pensamientos.

—Algunos dirían lo mismo de nosotros —digo. Ella suspira y pone su mano en su cadera mientras me mira, pero sus labios se contraen mientras lucha por contener la risa. Levanto mis manos en señal de rendición. —Estoy bromeando.

—Eso espero.

Valentina pasa el resto de la jornada relajada y alegre. Casi parece que se está divirtiendo, olvidándose del hecho de que estamos en la fiesta de compromiso de Amanda. Las cosas van bien hasta el momento en que la pareja hace sus discursos.

Valentina se tensa mientras Amanda toma el micrófono. Envolví mi brazo alrededor de su cintura y la acerqué a mí.

Se relaja por un segundo, pero luego su atención cambia a Amanda y se pone rígida de nuevo.

—Me gustaría agradecer a todos por celebrar esta ocasión tan especial con nosotros. —Sus ojos escanean a la multitud hasta que aterrizan en Valentina. Su sonrisa se ensancha. —Me gustaría extender un agradecimiento especial a mi prima, Valentina...

Valentina sonríe cuando todos se dan vuelta para mirarla, pero su mirada permanece fija en Amanda. Ella agarra mi mano tan fuerte que mis dedos pierden la sensación. No tengo idea de a qué está jugando Amanda, pero Valentina no se va a sentar y aceptar sus burlas.

—...y pregúntale si será mi dama de honor—, anuncia Amanda.

Sigue el silencio mientras todos esperan que responda. Valentina mira al frente, mortificada por ser puesta en el acto. Lo peor es que sabe que no tiene más remedio que aceptar. Su abuela dejó en claro que no quería ningún drama. Forzando una sonrisa, Valentina asiente.

—Me encantaría, —acepta gentilmente.

Aplaudo junto con el resto de la multitud, pero todavía estoy tratando de averiguar por qué Amanda le preguntaría a Valentina tal cosa. Estudio a Amanda mientras mira a Valentina, con una expresión de satisfacción en su rostro. Toda la noche, Amanda ha disfrutado en cada oportunidad de clavar el cuchillo más profundo, pero esta vez realmente lo está torciendo.

—Lo manejaste bien, —alabo.

—Realmente no tenía muchas opciones, —replica furiosa. —Genial, se dirige hacia aquí.

Miro hacia arriba; efectivamente, Amanda se nos acerca. Ella abraza a Valentina y le da un fuerte apretón. Casi me engaña su intento de afecto. Casi. Hasta que veo el brillo de satisfacción en sus ojos. Todavía estoy tratando de averiguar cuál es su intención. ¿Mantén a tus amigos cerca y a tus enemigos más cerca? Esta debe ser su forma de vigilar a Valentina.

—Amanda, —comienza Valentina, —qué discurso más conmovedor.

—Espero no haberte pillado desprevenida. —Amanda sonríe. —He estado pensando en pedirte que formes parte de mi boda por mucho tiempo.

—Estoy segura de que sí, —responde V con los dientes apretados. —¿Era parte de tu plan preguntarme frente a una multitud también? Asegurándote de que no pueda decir que no.

—Vamos, V. Estoy tendiendo una rama de olivo, —se queja Amanda.

—Lástima que odio las aceitunas, —murmura Valentina, dejando escapar una risa amarga. —Deja los juegos, Amanda. ¿Desde cuándo quieres tener algo que ver conmigo? Siempre dejaste en claro lo que piensas de mí.

—Si eso es lo que realmente crees, entonces obviamente no lo he dejado muy claro en absoluto, —protesta, fingiendo estar lastimada.

V se ríe. —¿Crees que no sé qué es esto?

—No sé a qué te refieres. —Contesta, cruzando los brazos sobre su pecho con una mala cara. —Creo que casarme me ha hecho darme cuenta de que necesito atesorar las cosas que son importantes, como la familia. —V se ríe y me lanza una mirada incrédula, pero Amanda aún no ha terminado. —Entenderás lo que quiero decir un día, —promete. —Y estoy segura de que será antes de lo que piensas.

—¿Le decimos?— Le digo a Valentina.

Amanda entrecierra los ojos. —¿Decirme qué?—exige.

—Que le pedí que se casara conmigo— Le explico. —Ella aceptó, por supuesto.

—¿Te vas a casar?— Amanda hace eco. Ella frunce el ceño mientras mira de Valentina a mí. —¿Cuándo? ¿Por qué no dijiste algo antes?

—No queríamos quitarte nada de tu día, pero como ustedes dos son tan buenas amigas ahora ...

—Entonces, tú también estás comprometida. —Sus ojos se mueven entre los dos, su expresión congelada. —Qué espléndido. ¿Y cuándo es la boda? —

—En realidad estamos planeando casarnos, —le digo con un guiño. —Entonces, ¿quién sabe? Podría ser mañana.

Amanda nos mira sorprendida, con la boca abierta.

—Yo... tengo que irme, —murmura.

Envuelvo a Valentina con el brazo mientras Amanda sale corriendo, sin duda para tratar de convencer a su prometido de que se case esta noche. Valentina me mira y se derrite en una carcajada.

—¿Viste la expresión de su cara?— ella resopla, sus ojos parpadean.

—Sí, fue bastante bueno—, apruebo con una sonrisa. —Discúlpame si estuvo mal hacer eso,—agrego.

Ella sacude la cabeza. —¿Me estás tomando el pelo? Eso fue increíble. Eres fabuloso.

¿Lo suficiente como para ser tu esposo? Bromeo.

Ella me mira.

—¿Honestamente? No puedo pensar en nada mejor que estar casada contigo.

Me acerco y la beso en la boca.

Espero que ella quiera decir eso, porque me estoy enamorando de ella.

21

VALENTINA

—Te debo un agradecimiento.

—¿Por qué?— Hudson parece confundido cuando lo llevo a la sala de estar.

De regreso en el apartamento, intento encontrar las palabras para mostrar lo agradecida que estoy por lo que hizo esta noche. Tenerlo a mi lado significaba todo para mí. No hay forma de que pueda manejar esto sola.

—Lo que hiciste en la fiesta. Decirle a Amanda que estamos comprometidos, defendiéndome, significa mucho para mí. Solo tenerte de mi lado significa el mundo. No hay forma de que pudiera haberlo hecho esta noche sola.

—Eres más fuerte de lo que piensas,— argumenta.

Sacudo la cabeza y me río. —No. Realmente no lo soy. Hubiera sido un desastre en esa fiesta si no fuera por ti,— confieso. —Estoy empezando a darme cuenta de la suerte que tengo de tenerte en mi vida.

—Mira, podría haberte ahorrado un montón de problemas y decirte lo afortunada que eres— me responde, bromeando. —¿Qué tal si nos relajamos y miramos televisión?

—Prefiero agradecer un poco más.

—En serio, Valentina. No necesitas agradecerme...

Se detiene a mitad de la oración cuando deslizo mi vestido sobre mi cabeza y lo dejo caer al piso. Se frota la parte posterior de la cabeza y se ríe, la mirada en su rostro no tiene precio mientras su mirada recorre mi cuerpo.

—Quiero decir, no necesitas agradecerme, pero si quieres agradecerme, no voy a decir que no,— murmura.

—Pensé que esa podría ser tu respuesta.

Tirando mi cabello hacia un lado, alcanzo detrás de mi espalda para desabrochar mi sostén, dejándolo flotar en el piso. Luego doy un paso adelante, permitiéndole que me tome en sus brazos. Me besa, agarrando un puñado de mi cabello mientras explora mi boca con la suya.

Paso mi mano contra su ingle, su erección me estimula. Con mi otra mano enrollada alrededor de su cuello, lo beso, mientras masajeo su polla. Él gruñe y luego se quita los zapatos, quitándose los pantalones. Lo detengo cuando va a bajar sus boxers.

—Permíteme.

Sus ojos se oscurecen cuando hundo mis rodillas. Con un dedo enrollado a cada lado de sus boxers, le doy hacia abajo. Su gruesa polla brota, la punta casi en mis labios. Mis ojos en los suyos, giro mi lengua alrededor de su circunferencia, saboreándolo. El deseo arde en sus ojos cuando lo llevo a mi boca. Él patea sus boxers por completo, luego sostiene la parte posterior de mi cabeza, forzando su polla, dura como una roca, en lo más profundo de mi boca.

Se apoya contra la pared para evitar desplomarse mientras yo lo conforto, chupando y lamiendo su miembro. Su agarre en mi cabello se tensa mientras mi lengua lo molesta, mientras mis manos acarician suavemente sus bolas. Sonrío, amando la sensación de que él me controla mientras aprieta su agarre en mi cabello.

—Joder, Valentina. Eres increíble, —murmura, mirándome mientras le chupo la polla.

Él gime, empujándose más profundo en mi garganta. Tomo tanto de él como puedo manejar, saboreando la sensación de su punta golpeando la parte posterior de mi garganta. Sus empujes se vuelven más rápidos y más furiosos, mientras sus caderas se sacuden contra mi cara.

Coloco mis manos en su espalda mientras me folla la cara, la sangre bombeando a través de su polla. Se mueve hacia adelante, sus caderas chocando contra mí cuando viene, con fuerza. Su líquido tibio se derrama en mi boca. Trago saliva, lamiendo hasta el último trozo de su sabor, luego lamo a lo largo de su eje, chupando de él hasta que no puede manejarlo.

—Ven aquí, —murmura, la emoción entrelazando su voz mientras me levanta en sus brazos.

Me lleva a la habitación y me tira sobre la cama, trepando sobre mí. Sus manos se mueven sobre mí mientras nos besamos, luego rueda sobre su espalda. Uso su mano para estabilizarme mientras lo abrazo, pero él sacude la cabeza.

—Apártate de mí, —ordena.

No necesito que me lo digan dos veces.

Me doy la vuelta y me deslizo sobre su polla. Sus manos estabilizan mi cintura mientras lo monto, su polla frotando contra mi clítoris cada vez que me penetra. Me acuna, me hace saltar sobre sus caderas, hundiéndose aún más en mí. Sus manos en mi espalda, sus empujes se vuelven más rápidos a medida que se esfuerza más.

—Joder, —gruñe, mientras su cuerpo se mueve hacia adelante.

Él bombea su longitud hacia mí tan adentro que me quedo sin aliento. Grito, mi cuerpo se convulsiona mientras llego al clímax. Se le escapa un gruñido, explotando dentro de mí mientras aprieto mis muslos a su alrededor, mi coño dolorido ordeñándolo hasta dejarlo seco.

—Mierda— jadea, sus empujes se desaceleran hasta que son casi inexistentes.

Me levanta de él y me doy la vuelta, colapsando en la cama junto a él.

—No creo que vaya a venirme tan fuerte de nuevo, —murmura.

Sin aliento, sonrío. Me acuesto en sus brazos, sintiéndome feliz, pero en el fondo de mi mente, estoy preocupada. Los sentimientos que tengo por él son cada vez más fuertes. Junto con ellos, las semillas de la duda comienzan a crecer también. Incluso si tenemos un hijo, nunca sabré si sus sentimientos por mí son reales.

¿Está conmigo por el dinero o también tiene más valor para él? Quiero hacerle tantas preguntas, pero no puedo hacerlo. El miedo de saber que no siente lo mismo es demasiado para mí.

Estará bien. Las cosas saldrán bien.

Cuando sea el momento adecuado, sabré si sus sentimientos son genuinos o no.

Al darme la vuelta, cierro los ojos, tratando de convencerme de que es verdad.

Pero la duda sigue ahí. Siempre estará allí.

Y no hay una sola cosa que pueda hacer para que desaparezca.

22

HUDSON

—Bueno, buenos días— dije.

Valentina me sonríe, con sus ojos todavía adormilados mientras se acurruca más cerca de mí. Envuelvo mis brazos alrededor de su cintura, enterrando mi rostro en su cuello, mi boca finalmente llegó a su oído. Ella se ríe mientras yo mordisqueo y chupo su lóbulo de la oreja. Ella se mueve contra mí, rozándome, lo que, por supuesto, me enloquece.

He estado despierto durante horas, acostado en la cama junto a ella, mirándola dormir. Una o dos veces se me ocurrió que debía levantarme y hacer algo útil, pero no pude hacerlo por miedo a despertarla. Además, puedo pensar en formas peores de perder el tiempo que verla. Creo que he memorizado cada pequeño detalle de su rostro, hasta la pequeña peca que se esconde detrás de su lóbulo derecho.

Finalmente me siento, arrastrándome lejos del calor de su abrazo.

—Te quedas aquí— instruyo. —Nos traeré un poco de café.

Ella asiente con la cabeza, sus ojos en mí mientras me deslizo fuera de las sábanas, y luego se da la vuelta, acurrucada en mi almohada. Estoy bastante seguro de que se habrá vuelto a dormir antes de que salga de la habitación.

En la cocina, tomo un poco de café y se me ocurre la brillante idea de prepararle el desayuno. Empiezo a lamentarlo a mitad del camino, porque por mucho que me guste pensar lo contrario, realmente no soy tan buen cocinero. Levanto el disco de goma que se supone que es un waffle y frunzo el entrecejo .

Mi nuevo némesis.

—Un día te derrotaré— amenazo.

—¿Qué es eso?

Me doy la vuelta para encontrar a V apoyada contra el marco de la puerta, vistiendo mi camisa. Joder, se ve bien en ella. Mi polla palpita mientras camina hacia mí, riéndose para sí misma.

—Pensé que te dije que te quedaras en la cama— me quejo.

—¿Eso es un waffle?— pregunta, sus ojos brillantes de diversión. Ella se acerca y lo recoge, disolviéndose en risas. —Oh, Dios mío, ese es el waffle con peor aspecto que he visto.

—Silencio, o herirás sus sentimientos. —Le frunzo el ceño, acunando mi desayuno contra mi pecho.

—Lo siento, pero apesta— reitera, manteniéndose firme.

—¿Crees que puedes hacerlo mejor?— Le entrego la espátula. —Entonces, adelante.

Me quita la masa y abre la plancha caliente para waffles, colocando cuidadosamente la mezcla en el plato. Ella lo cierra y me mira con aire de suficiencia.

—Espero que estés preparado para quedar impresionado— cruza los brazos sobre el pecho y apoya la cadera contra el mostrador, —porque hago el mejor waffle que existe.

—Incluso si esto sale bien, no olvides que es mi mezcla, —le recuerdo. —Eso significa que obtengo la mitad del crédito.

Ella pone los ojos en blanco. —Oh vamos. Todos saben que el arte está en la cocina. Cualquiera puede preparar una masa. La parte difícil es obtener la galleta dorada y crujiente.

Empujo a un lado el tazón y la atraigo a mis brazos. Ella grita cuando la levanto sobre el mostrador de la cocina y me acurruco entre sus piernas. Deslizo mis manos sobre sus muslos, su camisa se levanta en el proceso.

—¿De Verdad? Entonces, tal vez tú y yo podamos preparar una masa propia —murmuro en su oído.

—¿En serio? ¿Realmente me acabas de decir eso? — ella jadea entre ataques de risa.

—Sí.— Asiento, adueñándome de mis palabras. —Lo hice. ¿Excitada?

—¿Con tu jerga de waffles? —ella se burla. —Apenas.

—Duro— me estremezco. —¿Desde cuándo eres tan difícil de complacer, de todos modos?

—¿Me estás llamando fácil? —ella acusa.

—Solo cuando se trata de mí. Y el desayuno, —añado como una ocurrencia tardía.

La beso, rodeando mi lengua con la suya. Presiona su boca contra la mía, hasta que suena la alarma estridente de la wafflera.

—Es el día D —Me rio entre dientes.

Nos paramos frente a la plancha y, contando hasta tres, levanto la tapa para revelar un desastre pegajoso y gomoso. V jadea y me mira con los ojos muy abiertos. Me eché a reír.

—Todo está en la cocina, ¿eh?

—Oye, obviamente arruinaste la mezcla en algún lugar a lo largo del proceso, —responde ella.

—Cualquiera puede hacer una masa— le digo, imitando su tono.

—Excepto tú, obviamente. —Ella comienza a ponerse a la defensiva, pero luego gime. —¿Dónde salió tan mal? —Ella mira a su alrededor, pero luego agita su mano despectivamente. —Quién necesita Waffles caseros de todos modos. Para eso hay locales que los preparan, ¿verdad? Voy a bañarme.

Ella sale de la cocina y se dirige al baño, dejándome que limpie su desorden. Una vez que he sacado la mezcla de la sartén, lo intento de nuevo, esta vez produciendo una masa perfectamente cocinada.

Lo guardo para ella, no solo para mostrar mis habilidades locas, sino también, porque soy un buen tipo.

Me sirvo un poco de café y mientras espero que salga de la ducha, decido revisar mis correos electrónicos. He estado ignorando el pitido de mi bandeja de entrada desde hace un tiempo, porque sé que nada bueno me va a estar esperando allí. Tengo razón, pero es incluso peor de lo que pensaba. Sabía que estaba atrasado en todo, pero no creía que estuviéramos en el punto de una acción legal pendiente. Leo varios correos electrónicos amenazantes del banco. Se me revuelve el estómago.

Mierda. Esto no es bueno

Lo peor es que no tengo idea de cómo solucionarlo. Incluso si todo esto funciona con V, no es una solución a corto plazo. Mi negocio bien podría colapsar mientras espero ver dinero en efectivo. Desearía haberlo considerado. Mi teléfono emite un pitido, esta vez con un mensaje de texto. Es Matty. Maldigo, porque no solo los cheques de proveedores rebotaron esta semana, sino que también lo hicieron las transferencias que hice para mis muchachos.

Matty: Oye, aviso, el pago aún no está en mi cuenta. Estoy seguro de que es solo un problema técnico, pero pensé que lo tenías que saber.

Envío una respuesta, aceptando que probablemente sea un problema bancario y prometiendo comprobarlo el lunes por la mañana. Al menos eso me compra un día extra. No es que me vaya a ayudar mucho. Empiezo a entrar en pánico. Esquivar a mis proveedores es una cosa, ¿Pero mis trabajadores? No van a tolerar que no se les pague.

Me paso la mano por el pelo, sin saber qué hacer.

—¿Está todo bien?

Miro hacia arriba y le sonrío a V mientras camina hacia la cocina. Se ve bien con jeans ajustados y una camisa blanca, a través de la cual puedo distinguir el contorno de su sujetador. Meto el teléfono en el bolsillo.

—Por supuesto. Solo estoy revisando algunas órdenes de trabajo,—miento. —Aquí. Te hice esto.

Sonrío y empujo el waffle a través del mostrador hacia ella.

Ella ríe. —Está bien, entonces quizás mi intento fallido tuvo algo que ver con mi cocina— admite de mala gana. —¿Estás seguro de que estás bien?— pregunta, volviendo su atención hacia mí. —Te ves un poco pálido.

—Estoy bien— le aseguro, no queriendo amortiguar su buen humor con mis problemas de dinero. —Entonces, ¿qué quieres hacer hoy? Soy todo tuyo— le digo, cambiando de tema.

Pasar el día con ella al menos me hará olvidar mis problemas.

—¿De verdad?— Ella arquea las cejas. —Tengo una

idea. —Ella envuelve sus brazos alrededor de mi cintura y me atrae para un beso que estoy muy feliz de darle. —Deberíamos planear nuestra boda.

—¿Qué estás pensando?— Estudio su rostro para poder evaluar cómo se siente realmente con respecto a todo. —No tenemos que casarnos si no es lo que quieres. Sé que es un matrimonio de conveniencia, pero si quieres una gran boda, podemos hacerlo.

—¿Estás bromeando?— Ella grita. —Me casaría contigo mañana si me lo pidieras. Me casaría en el juzgado. Lo que sea. No me importa.

—Entonces, ¿por qué no lo hacemos?— Sugiero, una idea formándose en mi cabeza.

—¿Qué? ¿El juzgado? —ella pregunta, confundida.

—Todo ello. El juzgado. Mañana. Hagamos esto— le digo. —¿Por qué esperar?

Sus ojos bailan mientras se clavan en los míos. —Bueno. Vamos a hacerlo.

Pasamos el resto de la tarde resolviendo los detalles de nuestra boda, incluida la reserva del juzgado y preguntarle a Holly si será nuestro testigo.

—¿Me estás tomando el pelo?— Holly chilla, bailando a nuestro alrededor. —Por supuesto que seré tu testigo. Estoy muy feliz por ustedes.

Me río, su reacción más o menos exactamente como imaginé que sería, hasta el abrazo grupal que ella insiste en tener.

—Cálmate, Holly. Es solo que...

—Lo sé, estás haciendo esto porque tienes que hacerlo,

— me interrumpe, poniendo los ojos en blanco. —No tiene nada que ver con el hecho de que realmente se quieren.

Echo un vistazo a Valentina, que se ocupa de su teléfono. No estoy seguro de si está realmente distraída o simplemente está evitando la declaración de Holly.

—Mejor me voy— finalmente anuncia. —Todavía necesito probarme mi vestido y elegir mis zapatos. —Me levanto para irme con ella, pero me detiene.

—¿Y adónde vas?— interroga.

—Uh, ¿a casa contigo?— De alguna manera sé que eso no será una opción.

—No.— Ella pone sus manos contra mi pecho y sacude la cabeza con firmeza. —No lo harás. ¿No sabes que es mala suerte ver a la novia la noche antes de la boda?

—Bien. Supongo que nos veremos mañana. —Sé que es mejor no discutir con ella sobre esto. —¿Al menos me besarás?— Llamo antes de que ella abra la puerta.

Ella pone los ojos en blanco, pero cede y se acerca de nuevo a mí. Le acaricio la cara, la beso lenta y deliberadamente, estirando el momento todo lo que puedo, luego la sigo hasta la puerta y la cierro detrás de ella. Holly levanta las cejas, como si estuviera esperando que yo dijera algo.

—¿Qué?— Pregunto inocentemente

—¿Me das un beso?— imita ella.

—No. con una actitud como esa, no lo haré. —Cojo el cojín que me arroja y lo vuelvo a colocar en el sofá. —¿Qué quieres que te diga? Solo estaba siendo amable, ayudándola a irse.

—Mierda.— Holly cruza los brazos sobre el pecho y entrecierra los ojos. —¿Cuándo vas a admitir que te gusta?

—No tengo ningún problema en admitir eso—, digo honestamente.

Los ojos de Holly se abren. —Vaya—, se maravilla. —¿Y V?

—Ese es el problema. No sé cómo se siente .

—Podrías preguntarle— sugiere Holly.

—Podría— confirmo. —El problema es que no estoy seguro de estar listo para escuchar la respuesta.

23

VALENTINA

Me voy a casar.

Miro mi reflejo en el espejo, un revoloteo de nerviosismo me atraviesa. Sin embargo, se reemplaza rápidamente por emoción cuando pienso en lo que esto significa. Hudson y yo nos casaremos y estaremos un paso más cerca de tener la familia con la que siempre he soñado.

Sonrío, pensando en lo loco que ha sido. No es así como esperaba que sucediera. Siempre pensé que tendría una gran boda, con todo el lujo y el dinero. Sin embargo, lo curioso es que no cambiaría nada de esto. Ni siquiera con quién me caso.

Respiro hondo y entro en la habitación donde Holly me está esperando.

Estamos en el juzgado, a punto de aparecer ante el juez y casarnos. Insistí en que Hudson no me viera en mi vestido antes de nuestro gran momento.

Me acerco a Holly, alisándolo con la mano en el camino. Un revoloteo de nervios me golpeó cuando vi mi reflejo en la ventana. Holly me sonríe, con los ojos llenos de lágrimas.

—Te ves hermosa— susurra. —Ese vestido es impresionante.

Miro el vestido de satén marfil. Fue pura suerte que lo encontré ayer. En el momento en que entré en la tienda después de verlo en la ventana, supe que era el indicado. Fue como si estuviera hecho para mí. Ni siquiera necesitaba probarme nada más. No es el vestido enorme e hinchado que siempre pensé que desearía. Es discreto y elegante, sofisticado en su propia forma única.

Es todo lo que soy.

—Gracias— la abrazo. —Y gracias por estar aquí conmigo.

—¿Estás bromeando?— ella se burla. —No me lo perdería por nada del mundo.

Significa todo tenerla allí conmigo, especialmente con mi padre en la cárcel.

Traté de verlo esta mañana, pero una vez más, se negó. Incluso hice que el guardia le dijera que me iba a casar. Pensé con certeza que sería suficiente para cambiar de opinión, pero no fue así. Al principio estaba enojada, pero luego me dije que no iba a dejar que arruinara mi día. Vaya. Escúchame. Cualquiera pensaría que me iba a casar de verdad, en lugar de solo cumplir con los requisitos del acuerdo de mi abuela.

Holly toma mi mano y me da un apretón. Respiro hondo, las mariposas revolotean en mi estómago. Supongo que me estoy engañando si trato de decir que no es real para mí en todos los niveles.

Lo que siento por Hudson es real. No puedo negar eso.

Tampoco puedo pensar, ni siquiera por un momento, que él no sienta lo mismo. Eso dolería demasiado. Sé que existe una gran posibilidad de que mis sentimientos sean unilaterales, pero no es algo que esté lista para descubrir.

Nunca le pregunté si realmente siente algo por mí, porque no estoy segura de poder manejar el rechazo. Especialmente cuando todavía estamos tratando de hacer todo esto teniendo un bebé.

Cuando Holly y yo entramos en la sala del tribunal, Hudson aparece a la vista. Se para al frente, vestido con un traje oscuro de carbón, su cabello perfectamente peinado. Mi corazón se acelera al ver lo bien que luce. Se da vuelta cuando oye las puertas abiertas, la mirada en sus ojos cuando se fijan en la mía casi me deja boquiabierto. Me dirijo hacia él, sintiendo cada parte de los nervios de novia que probablemente parezco.

—Te ves increíble.— Su voz es baja y grave.

Holly retrocede, dejando que él tome mi mano. Los relámpagos me sacuden al sentir su toque. Me vuelvo hacia el juez y sonrío. Real o no, estoy lista para esto. Estoy lista para todo.

—Ustedes dos están aquí para declarar su amor mutuo, —comienza el juez. —Donde los uniré a ambos en matrimonio. ¿Están de acuerdo en que estás aquí voluntariamente y esto es lo que quieres?

Ni siquiera tengo que pensarlo.

—Sí— le digo con un firme asentimiento.

—Sí, lo hago —murmura Hudson.

El juez asiente, satisfecho.

—Entonces los declaro legalmente casados.

Me río de lo fácil que fue. Solo así, estamos casados.

Junto a las felicitaciones, el juez nos entrega una copia de la licencia para que la firmemos, sellando el compromiso. Estoy tan feliz. Aunque no es la gran boda con la que siempre había soñado, se siente bien.

Salimos del juzgado y vamos a cenar. Holly tiene una excusa para no unirse a nosotros, pero le ruego, hasta que acepta al menos unirse a nosotros para tomar una copa. Vamos a un pequeño bar a pocas cuadras de mi departamento. Estoy cansada y todo lo que realmente quiero es ir a casa y acurrucarme con Hudson, pero siento que le debemos al menos algún tipo de celebración a Holly.

—Me resulta difícil creer que dos no tengan nada mejor que hacer que beber conmigo— bromea Holly.

—Hay muchas cosas en las que puedo pensar que preferiría estar haciendo. —Hudson se quiebra. —Y puedo garantizar que nada de eso involucra a mi hermana.

—Oh, vamos, estamos casados. Tenemos que celebrar eso, ¿verdad? —protesto, aunque sé que estoy peleando una batalla perdida.

—¿Pensé que la idea de casarme rápidamente era evitar de las celebraciones?— Holly interpone. Hudson asiente con la cabeza, mientras yo levanto mis manos en señal de derrota.

—Bien, me rindo. Llévame a casa, entonces. —Le digo a mi esposo. Me despido de Holly con un abrazo silencioso, agradeciéndole por dejarnos salir de aquí. —Gracias de nuevo por todo, Hols. Lo aprecio. Ambos lo hacemos.

—Siempre estaré para ti— susurra Holly, secándose las lágrimas. —Y si necesitas a alguien allí cuando das a luz, avísame. Seré felizmente esa persona.

—Espera un segundo, ¿no soy esa persona?— Hudson interviene.

—Si. Pero también eres el hombre adulto que se desmayó el año pasado cuando me corté con papel, —le recuerda Holly.

Reprimo una risita y luego miro a Hudson para confirmar.

—Bueno, había mucha sangre para un corte de papel —dice a la defensiva.

—Estoy segura de que lo hubo, —dije con la voz más condescendiente que pude reunir.

Salimos y nos separamos de Holly. Hudson y yo optamos por caminar la corta distancia al apartamento para nuestra primera noche juntos como una pareja casada. Todavía estoy usando mi vestido, pero mis pies se han rendido con los tacones de diez pulgadas que había insistido en usar. Me los quito y los llevo, teniendo mucho cuidado donde piso mientras presiono mis pies contra el pavimento frío y húmedo.

—Podría alzarte hasta casa —ofrece Hudson.

Le lanzo una mirada. —No seas tonto. Estoy bien. Solía ir a todas partes descalza cuando era niña.

—¿Por qué?— Se ve disgustado. —¿Has visto cuánta mierda hay en este pavimento?— pregunta, sacudiendo la cabeza. — Ahora me, me dirás que te gusta caminar bajo la lluvia.

—En realidad, me encanta caminar bajo la lluvia, — confieso con una sonrisa diabólica.

Se detiene y me mira. —Hubiera sido útil conocer esa información antes de aceptar casarme contigo, —bromea. —¿Qué más voy a descubrir que desearía haber sabido antes?

—¿Que tengo una debilidad por Tom Hanks? —Yo ofrezco. Él inclina su cabeza en derrota. —Creo que eso es todo. Lo siento si he destrozado tu percepción de mí, — agrego con una sonrisa.

—Tienes suerte de tener tantas otras funciones además — se queja.

Llegamos al complejo de apartamentos y disminuimos la velocidad. Miro al cielo y sonrío. Me mira por un momento, antes de hablar.

—Casi pareces triste— comenta.

—Solo estoy pensando. —Descarto su observación, porque no quiero arruinar una velada perfecta con mis sentimientos de incertidumbre. —¿Vamos a subir?

—Claro— está de acuerdo. —Vamos, esposa.

Aprieto su mano. —Está bien, *esposo*.

24

HUDSON

—Entonces, ¿cómo se siente?— Pregunto mientras salimos del elevador y caminamos por el piso hacia nuestro departamento. —Ahora eres una mujer tomada.

—¿Oh en serio?— Valentina arquea las cejas mientras me mira fijamente. —No me di cuenta de que casarme contigo significaba que me poseías.

Estoy tan excitado ante la idea de que ella sea mi esposa. Solo tengo una cosa en mente en este momento, y es llevarla a casa y explorar cada parte de ella. A la mierda todo lo demás; ella es lo único que me importa en este momento.

—¿No te excita la idea de que te posea?— Reflexiono sobre ese pensamiento por un momento. —Pensé que todas a las mujeres les gustaba esa mierda.

Abre la puerta de nuestro apartamento, pero extiendo la mano para detenerla antes de que pudiera entrar.

—¿Qué?

Doy un paso adelante en respuesta, tomándola en mis brazos. Ella chilla, envolviendo sus brazos alrededor de mi cuello mientras la llevo adentro, mis labios envolviendo los de ella en un beso apasionado.

—Es mala suerte si no te levanto por encima del umbral, —le explico mientras la coloco en el borde del mostrador de la cocina.

—No me di cuenta de que eras tan supersticioso.

Me encojo de hombros. —Algunos podrían llamarlo supersticioso. —Ella tiembla cuando mis manos se deslizan a lo largo de sus muslos, enganchando su vestido. —Prefiero llamarme romántico.

—Supongo que eres un romántico, —murmura, con los ojos brillantes.

Se inclina y me besa, sus ojos se dirigen a la puerta aún abierta.

—Realmente deberíamos cerrar eso.

—¿Por qué?— Bromeo. —¿Tienes miedo de dar un espectáculo a tus vecinos?

—Nuestros vecinos, quieres decir—, bromea. —Eres mi esposo ahora. ¿Recuerda?

—Lo recuerdo—, dije, acariciando su mejilla. —¿Cómo se siente ahora que eres una mujer casada?

—Extraño—, admite. —Pero en el buen sentido.

—¿Hay tal cosa?— Me reí entre dientes.

Es raro. Me gusta eso.

Sin embargo, sé lo que quiere decir. La idea de que tengo una esposa, incluso dadas las circunstancias, es una locura. Nunca pensé que me casaría y tendría un hijo tan joven. Sin embargo, aquí estoy, a medio camino, y estoy muy feliz por eso.

—Ahora sabes que eres mi esposa, hay ciertos deberes que se espera que cumplas, — señalo, arrastrando el dedo por su escote.

Su boca se abre, sus ojos oscuros brillan mientras me mira.

—Será mejor que me estés tomando el pelo. —Ella ríe.

—Bueno, no lo estaba, pero supongo que ahora sí, —reconozco. —¿Entonces ese es un no definitivo? Quiero decir, ni siquiera has escuchado lo que estoy proponiendo...

—Por el camino que vayas, será un no cada vez que me propongas algo—, amenaza, sus labios se alzan en una sonrisa.

—Tal vez pueda compensarte— le ofrezco.

Ella chilla cuando le quito el vestido y luego me arranco los pantalones. Mi polla se pone rígida mientras la guío hacia atrás, hasta que está acostada contra el mostrador. Ella jadea, su espalda arqueándose contra la superficie de mármol, sus ojos muy abiertos.

—Mierda que está frío— susurra.

—Vas a dejar de pensar en eso— lo prometo.

Con las manos apoyadas en sus rodillas, las separo y entierro la cara entre sus muslos. Ella deja escapar un gemido cuando deslizo mi lengua sobre su entrada, sus manos peinando mi cabello. Ella agarra mi cabeza, mientras yo deslizo la punta de mi lengua alrededor de su clítoris, jugando hasta que me ruega que pare.

Agarrando sus piernas, la deslizo hasta el borde del mostrador, alineándola con mi polla. Gruño cuando entro en ella, mi longitud cortando a través de su tensión, de un lado a otro, cada empuje trae más velocidad. Su coño se contrae a mi alrededor, cada empuje es incluso mejor que el anterior. Me duele todo el cuerpo, y estoy tan cerca de explotar que todo lo que se necesita es un empujón final y estoy al límite.

—Dios, sí— siseo mientras mi orgasmo me atraviesa.

Me muevo hacia adelante, mi polla palpita mientras la lleno. Ella gime mientras se agarra al borde del mostrador, con sus piernas cerradas alrededor de mi cintura mientras arquea su espalda. Y luego jadea, apretando sus muslos mientras se viene conmigo dentro de ella. Mis empujes se ralentizan, hasta que ya no puedo soportar la sensación de estar dentro de ella. Salgo de ella y luego coloco sus brazos alrededor de mi cuello. Ella me besa en la cara mientras la levanto en mis brazos.

—Ahora cerraré la puerta.

CAPÍTULO VEINTICINCO
Valentina

—Valentina, no hay una manera fácil de decirte esto...

Ha pasado exactamente una semana desde de nuestra boda y estoy sentada en el consultorio del médico, esperando que termine la oración que sé que va a arruinar mi vida. Cuando me desperté esta mañana había un mensaje en mi teléfono desde la clínica. No pensé que fuera tan extraño o inusual que quisieran verme. Asumí que ella quería controlar mi ovulación nuevamente.

Nunca esperé que hubiera un problema real.

Mi corazón late con fuerza mientras espero que termine. ¿Quién comienza una oración así y se detiene de todos modos? No importa el hecho de que estoy corriendo por los peores escenarios por aquí.

—¿Bien?— Le pido. —¿Qué es?

—Obtuve los resultados de la exploración que tenía. No hay una manera fácil de decir esto, pero noté algo significativo.

—¿Y eso que significa?— Pregunto. —¿Que encontraste?

—Tus trompas de Falopio están dañadas, —explica. —Creo que está haciendo imposible que pasen los óvulos.

—¿Ambas están dañadas?— Repito. Mi garganta se contrae. —¿Qué tipo de daño? ¿Se puede arreglar?

—Sospecho que fue causado por un pequeño quiste que estalló.

—¿En ambas trompas?— Estoy luchando por entender que incluso eso es posible.

Ella asiente. —Es inusual, pero no es desconocido. Especialmente en casos de síndrome de ovario poliquístico.

—¿Entonces, qué sigue? —Confío en que ella me dé algún plan de ataque. Claro, los tubos dañados pueden hacer las cosas más difíciles, pero seguramente hay algo que se puede hacer. —¿Más pruebas? ¿Hay alguna posibilidad de que el escaneo se haya equivocado?

—Haremos otra exploración para confirmar...

—¿Cuál es el peor de los casos aquí?— Interrumpo. No quiero esperar a que vuelvan más pruebas. Ahora quiero saber si puedo tener hijos, para poder prepararme.

—Los milagros suceden todo el tiempo.

—No estoy hablando de milagros— replico. —Quiero que me diga directamente, ¿hay incluso la más mínima posibilidad de que pueda quedar embarazada naturalmente?

—Las posibilidades de que quedes embarazada, incluso con asistencia, son extremadamente bajas, —admite suavemente la doctora Meadows. —Lo siento, Valentina. Sé que esto debe ser difícil de escuchar, pero hay otras opciones. Podrías buscar subrogación o adopción...

Ella sigue hablando, pero no escucho lo que dice.

Todo lo que puedo hacer es sentarme allí y tratar de entender el hecho de que nunca voy a ser madre. Nunca sabré la sensación de llevar a un niño dentro de mí. Es algo que muchas mujeres dan por sentado: yo era una de ellas.

Y ahora me lo han arrancado.

Poniéndome de pie, me doy la vuelta y salgo. La doctora Meadows me llama, pero no me importa. Nada de lo que pueda decir me hará sentir mejor. Cuando llego a la sala de espera, corro, mis ojos fijos en la puerta. Nunca esperé esto, ni en un millón de años. Incluso cuando tenía todas las dudas en el mundo, nunca pensé que algo pudiera estar realmente mal conmigo. Pensé que toda esa preocupación era para nada. Me siento entumecida, casi como si no lo creyera, o no quisiera creerlo.

No puedo tener hijos.

Nunca.

Otra ola de náuseas me golpea.

¿Cómo le voy a decir a Hudson?

Lo peor es que sé cuánto quiere tener hijos. Sin importar el dinero. Sé que los niños son algo que él quiere. Es algo que ambos queríamos.

¿Cómo le digo que nunca podré darle eso?

Es tarde cuando regreso a mi departamento. Tomé el largo camino a casa, deteniéndome en Forsyth Park, donde solía pasar mucho tiempo cuando era niña. Estuve dando vueltas durante horas, tratando de entender lo que estaba sucediendo, pero no sirvió de nada. No tiene sentido. Estoy enojada, frustrada, y siento un millón de otras emociones que ni siquiera puedo descifrar en este momento.

¿Cuántas veces más me puede joder la vida?

No es suficiente que pierda a mi madre o que mi padre me traicione. ¿Ahora tengo que lidiar con esto? No es justo.

Las puertas del ascensor se abren y salgo, mis piernas como gelatina. Miro fijamente a mi puerta por lo que parece una eternidad, pero no puedo entrar, porque eso significará enfrentar a Hudson. No estoy segura si alguna vez me sentiré lista para contarle sobre esto.

Con la espalda contra la pared, me deslizo hacia abajo,

hasta que estoy sentada, con las rodillas dobladas contra el estómago. Una lágrima cae por mi mejilla, seguida de otra, hasta que me duelen los ojos de llorar.

Quizás esto sea un castigo.

Estaba preparada para tener un hijo para heredar la fortuna de mi abuela y ahora se me ha quitado cualquier posibilidad de concebir. Sé que no es racional pensar eso, pero no puedo evitar que los pensamientos se agiten en mi cabeza.

Siento que todo es mi culpa.

25

HUDSON

—Lo siento, no la he visto desde ayer.

—Está bien, gracias— le digo a Holly. —Dime si la ves, ¿está bien?

Camino por la sala de estar, golpeando mi dedo contra mi teléfono. Intento con V otra vez, pero al igual que las últimas doce veces que intenté llamarla, está apagado. Nadie la ha visto ni escuchado en todo el día. Al principio pensé que su teléfono se había quedado sin batería, pero cuando llegué a casa del trabajo y ella no estaba allí, comencé a preocuparme.

Agarro mis llaves y me dirijo a la puerta. No puedo sentarme aquí, esperando que ella aparezca, así que decido ir a buscarla.

No espero encontrarla justo afuera de la puerta del apartamento.

—Valentina, ¿qué pasa?

Sus ojos están rojos e hinchados, como si hubiera estado llorando durante horas. Se pone de pie y me sonríe mientras se limpia las lágrimas.

—Nada, estoy bien, de verdad. Yo solo...

Su voz se apaga cuando se rompe en una nueva ola de lágrimas. Inmediatamente pienso lo peor, que tal vez sea su abuela o su padre, pero cuando trato de consolarla, ella me empuja y entra. La sigo, sin saber qué hacer.

—Háblame, V—le suplico, intentando de nuevo.

—No hay nada de qué hablar. —Ni siquiera puede mirarme a los ojos cuando lo dice. —Te lo dije, estoy bien.

—¿Porque estar fuera de tu departamento es un comportamiento normal para ti?— Me burlo.

Esto es una mierda. ¿Por qué no quiere hablar conmigo?

—¿V?— Le pregunto, siguiéndola hasta el sofá.

—No es nada— me asegura. —Por favor, Hudson, déjame en paz. Solo estoy hormonal.

—¿Estás segura de que no estás embarazada?

Solo estoy tratando de aligerar el estado de ánimo, pero mis palabras parecen atravesarla. Luego, de la nada, se pone de pie y se apresura a la cocina, murmurando algo sobre preparar la cena.

—¿A quién le importa la cena?— Pregunto, confundido y frustrado.

Se para frente al fregadero, con la cabeza inclinada. Sus hombros comienzan a temblar incontrolablemente, lo que hace obvio que está llorando. Me acerco a ella y envuelvo mis brazos alrededor de su cintura. Ella se tensa, pero al menos no me está alejando. No tengo idea de qué está pasando o cómo ayudarla, pero no estoy dispuesto a aceptar que algo está mal.

—¿Valentina?— La hago girar. —Por favor háblame. Me estás volviendo loco. ¿Pasó algo?

—Sí ... No— susurra.

—¿Qué es?— La presiono.

Me estoy poniendo ansioso ahora. Sea lo que sea, ella no quiere decirme.

—La doctora llamó, pidiendo verme.

—¿Hoy?— Le pregunto sorprendido, esta es la primera vez que escucho sobre eso. —¿Que quería?

—Ella dejó un mensaje esta mañana. Pensé que era algo rutinario y ya te habías ido a trabajar, así que fui y...

Ella comienza a llorar de nuevo. Envuelvo mis brazos a su alrededor, tratando de calmarla. Mi corazón late dentro de mi pecho. Estoy desesperado por saber qué está pasando, pero al mismo tiempo, una parte de mí quiere permanecer ajena, porque sé que debe ser malo. V no estaría tan molesta si fueran buenas noticias. Levantando su rostro hacia el mío, la obligo a mirarme.

—Dime lo que dijo— le suplico.

—No puedo tener hijos.— Lo deja escapar tan bruscamente que estoy segura de que debo haberla escuchado mal.

Las preguntas giran en mi cabeza, pero no puedo entender las palabras en oraciones coherentes. Esto no cambia nada, pero lo cambia todo. Mi cuerpo se siente entumecido mientras trato de procesarlo. Ni siquiera puedo empezar a imaginar cómo se siente.

Mi sorpresa da paso a la angustia por no haber estado allí para ella. Tuvo que sentarse allí, sola, escuchando que no puede tener hijos. No es de extrañar que se esté desmoronando. ¿Cuánto tiempo estuvo sentada afuera? ¿Dónde ha estado toda la tarde? ¿Por qué no me lo dijo de inmediato?

—¿Por qué no me lo dijiste?— Pregunto, ahogando las palabras. —Debería haber estado allí contigo. O al menos he estado allí para ti después.

—No hubiera cambiado lo que dijo— susurra, dándome una sonrisa triste.

—Lo sé, pero... —me detengo. Esto es mucho para mí y no puedo entenderlo. —¿Qué dijo ella exactamente?

¿Tenemos opciones, como la FIV, o hay algún otro tratamiento...

Mi voz se apaga, porque ella no me está escuchando. Ella mira hacia el suelo, sus manos inquietas, como si estuviera en estado de shock.

—¿Valentina?— La pellizco suavemente.

—Ella me dijo que mis dos trompas de Falopio están dañadas— Su voz se quiebra. —No hay forma de que pueda quedar embarazada. Incluso con ayuda no va a suceder.

—Entonces, ¿no podemos tener hijos?— Pregunto.

—No.— Su tono es como el hielo. —*Yo* no puedo tener hijos.

Ella se aleja de mí y camina por la cocina, la angustia en sus ojos me mata. Me paro frente a ella y extiendo mi mano para tocarla, pero ella se encoge de hombros.

—Valentina, háblame— le ruego, mi voz se alza. —¿Qué estás tratando de decir?

Todo lo que quiero son respuestas, pero siento que no llego a ninguna parte.

—Nada— dice bruscamente, con los ojos brillantes, como si estuviera enojada conmigo. —Por el amor de Dios, solo déjame en paz, Hudson.

Se limpia las lágrimas y luego se obliga a mirarme. Sus ojos están desprovistos de emoción, como si yo pudiera ser cualquiera que esté aquí hablando con ella. Un extraño incluso.

—¿Qué?— Me río, porque lo que dice no tiene sentido. ¿Por qué te dejaría sola en un momento como este? — Tenemos que hablar...

—No hay nada de qué hablar, —murmura, su tono frío.

—¿Cómo puedes decir eso?— farfullo. —¿Por qué no me dejas apoyarte?

—Porque no necesito tu apoyo— gruñe. —Lo que necesito es que me dejes sola.

La miro, desconcertado. No se trata solo de ella. Esto me afecta mucho. También es mi vida.

—No quieres decir eso— la corrijo.

—No sabes a qué me refiero— responde ella, alejándose de mí.

La miro fijamente, sin saber qué creer. Nunca la escuché sonar tan fría. Por mucho que quiera creer que esto es solo la sorpresa de hablar, me estoy volviendo cada vez menos seguro de eso.

—Valentina.

—La única razón por la que nos casamos fue para obtener la herencia de mi abuela— interrumpe. —Eso no va a suceder ahora, lo que significa que ya no hay ninguna razón real para mantenernos juntos, ¿verdad? Podemos detener esta farsa y seguir con nuestras vidas.

Ella me mira fríamente mientras busco en sus ojos alguna señal de que no quiere decir las palabras que dice, pero no hay nada allí.

Tal vez ella realmente quiere salir de esto.

Me doy la vuelta y me apoyo contra el lavabo, el corazón me late con fuerza. Siento que el mundo se está derrumbando a mi alrededor y no hay nada que pueda hacer para detenerlo. Ni siquiera es el hecho de que ella no puede tener hijos lo que me afecta. Claro, eso es un golpe, pero es algo en lo que podríamos trabajar.

Lo que no podemos resolver es su falta de sentimientos por mí. Si ella no me ama, entonces no tengo nada con lo que luchar. Lo último que quiero creer es que todo se trataba del dinero, pero no me da muchas esperanzas de aferrarme.

—Valentina, por favor— le digo, con la voz quebrada.

—Hudson, solo vete— me ruega. —Vamos. ¿Por qué no puedes pensar que no te quiero aquí?

Ella no me quiere aquí.

—Ve— susurra ella.

Ella me mira a los ojos hasta que asentí.

Me doy la vuelta y salgo, sin mirar atrás.

Me recosté contra el duro suelo de mi remolque y miré al techo. Renuncié a mi apartamento poco después de mudarme con Valentina. Aparte de mi camioneta, el trailer es mi casa. El lugar de Holly no es una opción, porque no puedo lidiar con las preguntas. No puedo lidiar con nada en este momento.

En mi cabeza, repaso cada momento que hemos compartido en las últimas semanas. No puedo averiguar dónde salió mal, pero estoy tan confundido. ¿En qué punto me enamoré de ella? Pensé que el sentimiento era mutuo, pero dejó en claro que todo este tiempo ha sido por el dinero. Pero si creo que ella estaba fingiendo, ¿qué me queda? Siento que todo lo que le dio sentido a mi vida me ha sido arrancado.

¿Cómo podría haber estado tan equivocado sobre todo?

26

VALENTINA

—¿Hola?— Murmuro

—V? Que está pasando. Hudson es un desastre.

Holly.

Sabía que debería haber verificado el identificador de llamadas.

Camino por la cocina, comiendo un viejo bastón de caramelo que encontré sobrante de Navidad, luego me siento en la mesa, apoyando la cabeza contra la superficie. Es la mañana siguiente y después de una noche de insomnio sin Hudson, me siento peor que ayer. Por mucho que odiara alejarlo así, sé que era lo correcto. Se merece más de lo que puedo darle. Un día se dará cuenta de eso, pero ¿cómo le explico eso a Holly sin que intente convencerme de que he cometido un error?

—¿V? ¿Estás ahí?

—Sí— escupo, con la boca llena de azúcar triturada. Levanto la cabeza y me obligo a responder. Si no lo hago, probablemente vendrá a verme. —Lo siento. Estoy aquí.

—¿Entonces?

Dudo, no estoy segura de poder hablar sin caer en otro

torrente de lágrimas. Siento que no he dejado de llorar desde que salí de la clínica ayer por la mañana. Aprender que nunca sería madre fue un golpe, pero hacer que Hudson se alejara de mí fue peor.

—¿V? Háblame.

La voz de Holly me saca de mis pensamientos. Muerdo el bastón de caramelo y me trago otro bocado de azúcar. Pero incluso eso no está ayudando mucho. Nada lo hace.

—No hay nada que contar, —murmuro, sin saber cuánto Hudson le ha dicho. —Hudson y yo hemos terminado. Se fue.

—¿Se fue o le pediste que se fuera?— me pregunta.

—¿Importa?

—Importa si se fue porque cree que eso es lo que querías.

—¿Él te dijo eso?— Pregunto, parte de mí esperando que lo haya hecho.

—No, pero él te ama, V. Puedo decir eso.

Me froto la nuca. Todo lo que está hablando al respecto me hace sentir peor. Ya he desperdiciado lo suficiente de hoy con mi depresión. Todavía hay mucho por hacer, como enviarle las cosas de Hudson y hablar con mis abogados. Tendríamos que tener motivos para una anulación, dadas las circunstancias, y no tiene sentido dejar que esto se prolongue más. Me levanto y me dirijo a mi habitación. Ni siquiera estoy vestida todavía.

—Lo siento, Holly. Me tengo que ir.

—No, no voy a dejarte ir tan fácilmente, —argumenta. —Encuéntrame para almorzar, o voy a ir allí ahora mismo y te seguiré acosando hasta que me hables.

—Bien, —gruño, molesta por su persistencia. Obviamente, es la hermana de Hudson. —Te veré, ¿de acuerdo?

—Bueno. —Afirma satisfecha. —Hay un pequeño y

lindo café cerca de mi casa. Te enviaré los detalles por mensaje de texto.

Arrojo el teléfono a mi cama sin hacer y me arrastro a la ducha. Mientras me estoy preparando, hago una lista mental de las cosas que quiero hacer hoy. Lo último que tengo ganas de hacer es ir a cualquier parte, pero sé que salir de mi apartamento probablemente me hará bien.

Después de ducharme, rebusco en mi armario intentando encontrar algo para ponerme. Me conformo con una falda gris y una blusa color crema, porque los colores opacos reflejan mi estado de ánimo. Me siento en la cama y miro a mi alrededor. Tal vez Hudson pueda venir y recoger sus cosas mientras estoy almorzando con Holly. Tener sus cosas a mi alrededor hace que sea mucho más difícil para mí seguir adelante.

Justo antes de irme, le envío un correo electrónico a mi abogado pidiéndole una cita para poder resolver las cosas con Hudson. Responden de inmediato con tiempo para esta tarde. Mi estómago se revuelve cuando presiono el botón de respuesta. ¿Esta tarde? Eso es demasiado pronto. Estaba pensando más como la semana que viene.

¿Para tener tiempo de convencerme?

Cuanto antes haga esto, mejor.

Acepto la cita, agarro mi bolso y las llaves. Pienso en Hudson mientras camino hacia el garaje. No puedo enviarle un mensaje de texto sobre la cita con mis abogados. No he sabido nada de él desde anoche. Creo que una parte de mí esperaba que él peleara por nosotros y cuando no lo hizo, fue como si todas mis preocupaciones fueran confirmadas. Cuando salió por esa puerta, sentí que tenía razón. Le tiré un salvavidas y él lo tomó, sin hacer preguntas.

Ni siquiera trató de cambiar de opinión, en realidad no. Dijo todas las cosas que esperarías que alguien dijera en esa situación, pero me di cuenta de que no había amor detrás de sus palabras. Él quería una salida, y yo le di una, es así de simple. En el fondo, sé que hice lo correcto.

A pesar de que duele como el infierno.

—Valentina, ¿qué está pasando en esa cabeza tuya?

Miro mi almuerzo casi sin empezar y luego a Holly. Apenas le he dicho una palabra todo el tiempo que hemos estado sentadas aquí, principalmente porque he estado demasiado ocupada concentrándome en esta reunión con mis abogados. En unas pocas horas, será como si el último mes nunca hubiera pasado.

—¿Bien?— pregunta, alcanzando mi mano a través de la mesa. —¿Me vas a decir qué pasó con ustedes? ¿Tuvieron una pelea?

—¿No te lo dijo?— La miro con escepticismo. Me resulta difícil creer que no fuera la primera persona a la que le dijo. Si no fuera así ¿Por qué me habría llamado?

—No. Dijo que tuvieron una pelea, pero no me dijo lo que realmente sucedió. Ustedes parecían tan felices.

—Sí, bueno, las cosas cambian. —Me siento en mi silla y suspiro. Supongo que si eventualmente va a descubrirlo, bien podría ser de mí. —Recibí malas noticias del especialista.

—¿Qué tipo de malas noticias?— pregunta, pareciendo preocupada.

—No puedo tener hijos.

Incluso un día después, cuando he tenido tiempo de asimilarlo, todavía se siente surrealista. Siento que estoy mirando mi vida desde afuera, como si esto le estuviera sucediendo a otra persona.

—Oh, V. Lo siento mucho—, susurra, sus ojos llenos de pena me hacen sentir mal del estómago.

—Ambas trompas de Falopio están dañadas. —Me encojo de hombros, como si no fuera gran cosa, a pesar de que me está destrozando. —Es lo que es.

—Entonces, ¿qué pasó entre tú y Hudson? —pregunta, estudiando mi cara. —Conozco a mi hermano. Él querría apoyarte en esto. Él no se iría, a menos que tú lo quisieras.

—Solo estábamos juntos para obtener la herencia. — Parpadeo las lágrimas, negándome a dejarme romper frente a Holly. —No tenía sentido fingir.

—Pero no estabas fingiendo, —argumenta Holly, sus ojos suplicándome. —Tampoco él. A Hudson no le importa el dinero. Se preocupa por ti.

—Lo sé, —es la primera vez que admito en voz alta que sé que sus sentimientos por mí son genuinos. —Esa es la razón por la que tuve que dejarlo ir. No puedo darle hijos, Holly— susurro. —¿Cómo podría estar feliz conmigo cuando no puedo darle lo que quiere?

—Excepto que eres esa cosa sin la que no puede vivir, V.

Sus palabras me atraviesan. ¿Podría tener razón?

—No trates de decirme que estás bien— regaña. — Mírate. Eres un desastre.

—Estoy bien. —Las dos sabemos que no.

—Ni siquiera has comido, —señala Holly, señalando mi plato.

Me encojo de hombros y miro al emparedado; La idea de poner comida en mi estómago me hace sentir enferma. Ni siquiera estoy segura de por qué ordené algo. Echo un vistazo a mi teléfono, recordando la cita. Ni siquiera le he dicho a Hudson sobre eso todavía. Tal vez lo deje hasta el último minuto porque espero que no pueda hacerlo.

—Tal vez si ustedes se sientan y lo hablan...

—¿Habla de qué?— Sacudo la cabeza, porque nuestra conversación continúa en círculos. Hemos terminado. ¿Por qué no puede aceptar que hice lo que creía que era mejor y dejarme seguir? —No hay nada más que decir. Teníamos un interés mutuo, y nos lo han quitado.

—Pero ustedes se aman— declara Holly. —¿No es eso suficiente?

Sacudo la cabeza con tristeza. —No. No lo es.

—Mierda. Dios, V, a veces me frustras muchísimo. —Exclama, dejando escapar un gruñido al se pone de pie. —Vuelvo enseguida —dice, señalando la puerta del baño. —Tal vez mientras estoy fuera puedas pensar por qué estás tan decidida a arruinar lo que podría ser tu única oportunidad de ser feliz.

Respiro hondo, agradecida por los pocos minutos que me han dado. Amo a Holly, pero todas las preguntas sobre Hudson comienzan a llegar a mí.

Agarrando mi teléfono, aprovecho la oportunidad para enviarle un mensaje de texto sobre la cita con el abogado. Apenas he dejado el teléfono sobre la mesa cuando su respuesta suena. Bueno, seguro que no necesitaba mucho tiempo para digerirlo.

Hudson: está bien. Estaré allí.

Lo leo una y otra vez. Tan corto y al grano. Sin rogarme que lo reconsidere o diciéndome que es demasiado pronto. Deprimida, llamo a un camarero. Me surge una urgencia abrumadora de comer algo dulce. Creo que me he ganado un pase gratis para comer mis sentimientos, preferiblemente en forma de chocolate.

—Tenemos pastel de chocolate fresco, —sugiere cuando le pido un menú de postres. —Confía en mí, está delicioso. Nada más se acerca.

—Perfecto. —Acepto, alejándolo.

Para cuando Holly regresa del baño, ya estoy a medio camino de llenarme la cara con chocolate. El tipo no estaba mintiendo; es el mejor pastel de chocolate que he probado en mi vida. Lástima que siempre lo asociaré con tener un corazón roto.

Holly se hunde en su asiento y sacude la cabeza, desconcertada.

—¿Qué?— Cavo la cuchara de nuevo, evitando el contacto visual. —Se me permite comer mis sentimientos. Y antes de que digas algo, estoy deprimida porque no puedo tener hijos, no sobre Hudson.

—¡Oh, Dios mío, ¡eres tan terca!— Holly prácticamente grita. —Lo que sea, V. Si quieres arruinar tu vida, adelante. —Ella mira su teléfono y maldice. —Me tengo que ir. Se supone que debo encontrarme con un nuevo cliente a las dos. Llámame si necesitas algo, ¿de acuerdo? — Se pone de pie y se inclina hacia mí, besándome en la frente. —Te amo, V.

Me meto el último pedazo de pastel en la boca, principalmente para evitar responder, *me alegro de que alguien lo haga.*

27

HUDSON

—Joder— siseo.

Me abro paso entre la multitud que sale del edificio mientras intento entrar. La gente me hace dar un gran rodeo, pero no importa. Se me hace tarde. Hoy de todos los días. Sin embargo, no todo es malo. Tal vez no llegar a tiempo nos mantendrá casados por otro día o dos.

La cantidad de veces que he pasado por esto en mi cabeza, la cantidad de veces que busqué mi teléfono, solo para dejarlo de nuevo. Quiero decirle que está siendo estúpida, que podemos solucionarlo, pero luego recuerdo que esto es lo que quiere, aunque no sea lo que quiero.

Ni un poco.

Me lleva una eternidad encontrar la habitación donde se supone que debo reunirme con ella. Aunque llego tarde, me tomo unos minutos para recomponerme, porque soy un desastre. Si entro así, sus abogados van a aplastarme. Por otra parte, probablemente lo harán de todos modos. No tengo idea de qué esperar al entrar. ¿Debería haber traído a mi propio abogado? No es que tengamos muchos activos para dividir ya que solo estuvimos casados durante unas pocas semanas, por lo que creo que este proceso será bastante sencillo.

Con el corazón acelerado, pongo mi mano en la puerta y la abro. Adentro, la primera persona que veo es Valentina. Se sienta a la mesa, con un abogado a cada lado, la mirada al suelo, pero por la forma en que su cuerpo se tensa puedo decir que está nerviosa.

Al menos es una reacción. Incluso si no es la que yo quería. Doy una vuelta alrededor de la enorme mesa ovalada y me siento directamente frente a ella, haciendo mi mejor esfuerzo para captar su mirada, pero ni siquiera mira en mi dirección.

Mientras su abogado habla, asiento y finjo que entiendo, pero por dentro, todas sus palabras pasan sobre mi cabeza. Todo en lo que puedo concentrarme es en ella. Ya nada tiene sentido, y mucho menos esto. No deberíamos estar aquí. No puede terminar así.

—Está bien Valentina, firmas aquí, declarando que aceptas anular este matrimonio.

Mi cabeza se levanta. —¿Anular?

Una cosa es poner fin a nuestro matrimonio, ¿pero fingir que nunca sucedió? Eso es aún peor. Mi estómago se tuerce cuando veo a Valentina arrebatarle los papeles de la mano. Ella garabatea su nombre sin dudarlo, como si no hubiera duda en su mente que quiere terminar esto.

—Y tú, Hudson, firma debajo de donde Valentina firmó y aclara la firma aquí.

Alcanzo los papeles cuando me los da, pero mis ojos están en ella. La miro fijamente, deseando que diga algo, cualquier cosa, pero no consigo nada. Levanto el bolígrafo, me tiembla la mano al firmar mi nombre sin decir nada y le devuelvo los papeles a su abogado.

—Bueno. —Confirma, escaneándolos. —Ahora solo

haremos algunas copias de estos, luego cuando los presente en la corte, será oficial.

Ambos salen, dejándonos a Valentina y a mí solos. Nos sentamos en silencio, perdidos en nuestros propios pensamientos. Es como si fuéramos extraños y las últimas cinco semanas no sucedieron.

Solté una risa áspera. Su cabeza gira y sus ojos oscuros brillan.

—¿Crees que es gracioso?

Me paro, saboreando el hecho de que al menos obtuve algo de ella. Camino alrededor de la mesa, sin parar hasta llegar a su lado. Cayendo sobre mis rodillas, tomo sus manos en las mías. Ella se resiste, pero lo intento de nuevo, esta vez sin soltarla. Ahora está llorando en toda regla, las lágrimas caen libremente por sus mejillas, pero aún se niega a mirarme.

—Por el amor de Dios, Valentina. No hagas esto, —lo apuesto todo, porque sé que esta podría ser mi última oportunidad para convencerla de que somos más fuertes que esto. Me niego a dejarla irse sin luchar.

—Hudson...

Su voz se rompe. Puse mi mano contra su mejilla, mi corazón saltó cuando ella reaccionó a mi toque. Finalmente, sus ojos llenos de lágrimas se encuentran con los míos.

—Te amo, Valentina.

Mi corazón se sienta en mi garganta mientras espero su respuesta. Es la primera vez que le digo que la amo, y me mata que ella no sienta lo mismo. Apenas puedo pensar con claridad, estoy tan nervioso.

—Yo... —Su voz se rompe mientras mira hacia abajo. —Por favor, Hudson, yo...

—Mírame a los ojos ahora mismo y dime que no me quieres, —le ordeno. Las lágrimas ruedan silenciosamente por sus mejillas mientras sus ojos se encuentran con los míos. —Hazlo, V —le suplico. —Dime que no me quieres y saldré por esa puerta. Nunca tendrás que volver a verme.

—El amor no tiene nada que ver con esto— afirma, sus ojos me ruegan que entienda. —Estoy haciéndolo por ti.

—Pero no quiero. —Protesto, enojado porque ella no me deja decidir por mí mismo. —Te quiero, Valentina. Con o sin niños, te quiero a ti.

—Dices eso ahora, pero ¿qué pasa en diez años? —llora. —Si un día te despertaras, resintiéndome porque no podía darte hijos, nunca me lo perdonaría.

—Eso nunca sucederá. —Hablo con certeza, porque la idea de resentirme con ella es imposible de entender.

—Sucederá. —Sus mejillas húmedas brillan contra la luz. —Vi la mirada en tus ojos cuando abrazaste a Alia. Sé cuánto significan los niños para ti...

—Pero no significa nada sin ti, —interrumpí, mi voz forjada por la emoción. Me trago el nudo en la garganta obligándome a continuar. —¿No lo ves? Mi vida no tiene sentido sin ti. Y hay otras formas de tener hijos. Si está destinado a suceder, lo será. Eres lo que me importa, V.

—¿Lo dices en serio?— ella susurra.

Asiento y beso tiernamente sus manos.

—Tú eres mi ahora. Eres mi futuro.

Me pongo de pie y la jalo a mis brazos, luego inclino su cara hacia la mía. Mis labios permanecen contra los de ella mientras saboreo cada segundo del beso.

—No podría soportar que me odies— deja escapar, apenas audible.

—Nunca podría odiarte, —susurro con mi voz ronca. —Te amo demasiado.

—Yo también te quiero.

Voy a besarla de nuevo, pero somos interrumpidos por el

sonido de la puerta abriéndose. V salta hacia atrás cuando sus abogados entran. Intercambian una mirada de complicidad. Un paso adelante y le entrega los papeles a V. Ella los mira y luego a mí.

—No es oficial hasta que los presentemos— explica. —Y parecía que ustedes dos estaban en camino a resolver las cosas.

—¿Es por eso que nos dejaste solos? —V pregunta, confundido.

No lo admite, pero sus ojos brillan.

—Te sorprendería lo fácil que es elegir a las parejas que solo necesitan hablar las cosas. Estoy agradecido de que ustedes dos no estuvieran en la mesa como la pareja cuyo matrimonio estaba disolviendo el mes pasado.

Echo un vistazo a la mesa y me estremezco. Demasiada información.

—Entonces, rompemos esto.

—Es como si nunca hubieras venido aquí.— Termina su abogado.

V me mira y yo asiento. Ella rompe los papeles por la mitad, luego me los da. Suspiro mientras destrozo los papeles en pedacitos y los tiro a la basura.

—Vamos a casa.

28

VALENTINA

—¡Bájame!

Chillo cuando Hudson me lleva sobre su hombro y entra a nuestro departamento. Estoy a punto de llorar pero por primera vez en días, son lágrimas de felicidad. Me pone en el mostrador de la cocina y luego saca de la nevera la botella de champán que la abuela me dio.

—¿Lo hago?— pregunta.

Asiento con la cabeza. —Supongo que no tiene sentido que no lo hagas.

Hudson abre el corcho, agachándose mientras vuela hasta la mitad de la habitación, pasando muy cerca de un jarrón de vidrio de tres mil dólares que mi abuela me regaló para Navidad. Llena dos vasos y me entrega uno. Tomo un sorbo, impresionada con lo suave que es.

—Había olvidado lo bien que sabe el champán caro, —confieso.

Tomo otro sorbo, el líquido suave y burbujeante se desliza por mi garganta. Realmente debería mantener mi ritmo, porque abstenerme del alcohol durante el último mes me ha convertido en un peso ligero. Un vaso y estaré boca arriba con las piernas en el aire, lo que podría no ser algo malo.

—Hagamos un brindis, ya que nos salteamos uno del día de nuestra boda, —declara, levantando su vaso en el aire. —Amar y encontrar el camino de regreso a nosotros.

Levanto mi vaso, golpeándolo contra el suyo, luego bebo el resto del líquido burbujeante y extiendo mi vaso vacío expectante.

—¿Recuperamos el tiempo perdido?

—Oye, estoy disfrutando de no tener que preocuparme por los bebés por una vez, —replico mientras vuelve a llenar mi vaso. —En cierto modo es agradable saber que ya no hay presión. Podemos disfrutar el uno del otro y divertirnos.

—Me gusta cómo suena eso... — Su mirada me quema, enviando escalofríos por mi espalda. Envolví mis brazos alrededor suyo, acariciando la parte posterior de su cuello.

—Nos perdimos muchas cosas, —le recuerdo.

—Es verdad. Como nuestro primer baile— murmura.

—Y el pastel— lloro. —Nunca tuvimos un pastel.

—Te pediré un pastel— promete divertido. —En este momento, hay cosas más importantes que discutir que el pastel— murmura.

—¿Como qué?

Contengo el aliento cuando él alcanza detrás de mí y baja la cremallera de mi falda. Se desliza por mis caderas y se acumula a mis pies. Gimo cuando él alcanza detrás de mí, sus dedos ahuecan mi trasero. Empuja mi cuerpo contra el suyo.

—Me gusta lo duro que voy a hacer que te vengas.

Siento que el corazón se me acelera mientras me lleva afuera y hacia la bañera de hidromasaje. Balanceo cuidadosamente mi vaso en el borde. Luego, lentamente, desabrocho los botones de mi camisa y me la quito. Hudson me mira fijamente, con los ojos llenos de deseo, hambriento, cuando entro en su abrazo que espera.

—Dios, eres tan jodidamente hermosa— murmura, apartando mis trenzas para besar mi cuello.

Sus manos se mueven detrás de mi espalda, quitando rápidamente mi sostén. Me río y miro por el balcón, consciente y excitada de que alguien podría estar observándonos. Sostiene mi mano cuando paso por el borde y me sumerjo en el agua caliente y humeante. Mis ojos en los suyos, paso mis dedos por la banda de mi tanga blanca de encaje y los deslizo sobre mis muslos. La pateo, riendo mientras flota a un lado de la bañera. Hudson se inclina hacia adelante y los levanta.

—Podría obtener un buen dinero por esto en Japón— murmura.

—Tal vez puedas usarlos para salvar tu negocio— bromeo.

Hudson entrecierra los ojos y se desabrocha los pantalones. Observo mientras se desnuda, luego entra en la bañera. Se pone de rodillas, haciendo señas para que vaya a él. Lo hago, flotando más cerca de él hasta que estoy sentada en su regazo.

Su polla rígida presiona contra mi muslo. Me balanceo de un lado a otro, jugando con él, hasta que me levanta de la cintura y me deja caer sobre su erección. Salto, sin preparación y completamente excitada por lo duro que me está follando. Envuelvo mis brazos alrededor de su cuello y presiono mi boca contra la suya mientras muevo mis caderas contra las suyas.

—Dios, te extrañé— gruñe, su boca se mueve bruscamente contra la mía.

Apenas fue un día que estuvimos separados, pero lo entiendo. Yo también lo extrañé.

Sus gruesas manos se tensan alrededor de mi cintura mientras empuja más fuerte, mis músculos se contraen a su alrededor cada vez que entra en mí. Jadeando, me sacudí contra él cuando mi cuerpo comenzó a tener espasmos. Él gime, sacudiendo sus caderas mientras su líquido tibio me llena. Me balanceo contra él, cabalgando suavemente contra la corriente de las burbujas en la bañera, con él todavía dentro de mí. Levanto la cabeza para besarlo, incapaz de borrar la sonrisa de mi cara.

—Estuviste energética todo el tiempo— señala, divertido.

—El sexo es divertido cuando sacas a el bebé de la ecuación— confieso.

—¿Quieres decir que no era divertido antes?— Pregunta, fingiendo dolor. —Y aquí estaba pensando que tenía todos los movimientos.

Su chiste me hizo reír más de lo normal, luego envolví mis brazos alrededor de su cuello.

—Solo digo que me gusta esto.

Se agacha, pasando el pulgar por mi entrada. Mis rodillas se doblan mientras me balanceo hacia adelante en el agua, mi agarre sobre él se tensa. Me besa, un gemido se escapa de mis labios mientras masajea mi clítoris. Su lengua gira alrededor de la mía, luego susurra en mi oído.

—Personalmente, prefiero esto...

EPÍLOGO
VALENTINA

Seis semanas después

—Estás embarazada.

—¿Embarazada?— Sacudo la cabeza con firmeza, inmediatamente descarto la idea como remotamente imaginable. —Imposible. Sus resultados deben estar equivocados, porque no hay forma de...

—Lo probé dos veces, Valentina— Ella me sonríe. —Definitivamente estás embarazada.

Después de todo lo que hemos pasado, ¿estoy embarazada? Me siento en la silla en estado de shock. De ninguna manera. No me lo puedo creer. Ni siquiera es posible ... ¿o sí?

—¿Cómo?— Pregunto. Mis mejillas se enrojecen. —Quiero decir, sé cómo, pero no pensé... —Respiro hondo y luego lo libero lentamente. —Lo siento, esto es un poco impactante. ¿Qué tan avanzada estoy?

—Según tus niveles hormonales, diría que tienes alrededor de ocho semanas.

—¿Ocho semanas?— Repito maravillada.

Me paso la mano protectora sobre el estómago. Ni siquiera quiero pensar en todas las cosas que he consumido en las últimas ocho semanas que probablemente no debería haber tomado. Sin mencionar las pocas noches en que Hudson y yo habíamos consumido una buena cantidad de vino. Tanto por no tener que preocuparse por quedar embarazada.

Dudo, no queriendo permitirme creerlo. No estoy segura de poder manejarlo si esto resultó ser un error, por lo que fue más fácil no creerlo en absoluto. La doctora Meadows dejó en claro que las posibilidades de que quedara embarazada eran minúsculas. Me busqué un nuevo médico para ver porque me sentía un poco descuidada, pero no puedo estar embarazada...

¿Puedo?

—¿Cómo puede estar seguro de que los resultados de sangre no se mezclaron?— Yo exijo.

—Para que suceda dos veces sería muy poco probable, —me asegura. —Si estás tan preocupada por eso, ve a conseguirme una muestra de orina y la probaré ahora mismo frente a ti. —Ella me da una copa de muestra.

Lo miro por un momento, luego me paro. ¿Qué tengo que perder?

Regreso unos minutos más tarde con mi muestra y espero ansiosamente mientras sumerge la varilla de prueba. Espero un resultado negativo enorme, pero casi de inmediato aparece la segunda línea. Es casi tan oscura como la línea de control e igual de gruesa.

Mierda

—Estoy embarazada— pronuncio, finalmente comenzando a creerlo.

—Sabes, por lo general es al revés— grita el médico. —

Las mujeres que se niegan a creer que están embarazadas hasta que ven un resultado de sangre.

—Solo estoy... —Ni siquiera sé cómo expresar mis sentimientos con palabras.

—Felicitaciones, Valentina. Vas a tener un bebé.

—Gracias— murmuro, incapaz de borrar la sonrisa de mi cara. El shock está empezando a disminuir y dar paso a la alegría, pero también está generando muchas preguntas. No puedo entender cómo sucedió esto o cómo se equivocaron tanto.

—¿Estaba mal el escaneo que había hecho anteriormente?— Le pregunto

Ella sacude la cabeza. —Lo estaba revisando esta mañana cuando llegaron tus resultados— Ella me mira —Valentina, el escaneo no estuvo mal. No era tuyo.

—¿Qué quieres decir con que no era mío?— Le pregunto con el ceño fruncido. —¿Cómo es eso posible?

—En su nuevo formulario de paciente, indicó que le quitaron el apéndice cuando tenía diez años. ¿Correcto?

Asiento con la cabeza. Fue mi única estadía en el hospital. Lo recuerdo bien porque mi padre envió a la niñera a cuidarme ya que su viaje de negocios era más importante.

—Bueno, a menos que vuelva a crecer, puedo garantizar que el escaneo que le dieron no es tuyo.

—¿Estás diciendo que mezclaron mi exploración con la de otra persona?— Suena como algo de lo que escucharías en las noticias o en una película muy mala durante el día. Por otra parte, en los últimos meses es así como ha sido mi vida.

—Sí.

Casi arruinan todo.

Estoy muy enojada, pero recuerdo por qué estoy aquí y

me obligo a calmarme. Puedo lidiar con eso más tarde. En este momento, el bebé es lo más importante.

Ella garabatea su firma en algunos formularios y me los entrega.

—Aquí hay algunos formularios para otro análisis de sangre y un ultrasonido que te he reservado para hoy. Quiero confirmar qué tan avanzada estás. Sus niveles de HCG son bastante altos, que es lo que me hizo pensar alrededor de ocho semanas. Incluso puedes tener la suerte de escuchar un latido del corazón, pero no te preocupes si no lo haces.

Tengo un bebé dentro de mí.

Una pequeña persona con sus propios latidos. Doy las gracias a la médica y me pongo de pie, pero luego dudo, mirando la prueba positiva que todavía está en la mesa de examen.

—¿Te importaría si me llevo eso conmigo?— Pregunto casualmente.

Ella me mira. —Tómala, es tuya.

—¿Entonces?— Hudson levanta las cejas, expectante. —¿Qué es tan importante que me sacaste del almuerzo con mi madre?

Sonrío cuando Hudson envuelve sus brazos alrededor de mi cintura y besa mi cuello.

—Puedo pensar en muchas cosas más importantes que eso— me río. Estoy bromeando, por supuesto. Amo a su madre. Me inclino y lo beso, nerviosa y emocionado por la idea de decirle que estoy embarazada. Me tiemblan las manos cuando extiendo la caja. —Te tengo algo.

—¿Qué es esto?— pregunta, tomándolo.

—Ábrelo y descúbrelo— sugiero.

Se ríe mientras lo rasga para revelar otra caja. Dentro de esa hay otra caja y luego otra. Me sonríe y levanta la caja final.

—¿Me compraste un reloj porque siempre llego tarde?— pregunta, entrecerrando los ojos.

—No, pero ahora sé qué regalarte para tu cumpleaños.

—Estoy a punto de estallar de emoción. La espera me está matando. —Ábrelo ya.

Él se ríe, levanta la tapa y mira dentro. Sus cejas se arrugan, luego me mira confundido.

—Esto es...

Se detiene cuando yo asiento.

—¿Me estás tomando el pelo?— jadea.

Sacudo la cabeza. —Esa fue mi reacción también, pero no. Lo digo en serio. Vamos a tener un bebé.

Me rodea con sus brazos y se ríe.

—¡Santo cielo! ¿Cómo pasó eso? Espera... —levanta la mano para silenciarme—, ¿sabes qué era? Mi esperma de superhéroe.

—¿Qué?— Me eché a reír.

—Sí.— Él asiente a sabiendas. —Es la única explicación.

—Eres un idiota.— Contesto, envolviendo mis brazos alrededor de él, mareada por la felicidad.

—Y solo piensa, nuestro hijo también lo será—se jacta.

—No lo tendría de otra manera— digo con honestidad. Una oleada de emoción me invade. Todavía tengo momentos en los que no puedo creerlo. —Mierda, estoy realmente embarazada.

Levanta la mano y acaricia mi barbilla para poder besarme en la boca.

—Y aquí estaba pensando que te habías puesto de mal humor sin ninguna razón. —Suelta.

—¿Me quieres de mal humor?— Le saco la lengua. Tienes ocho meses más de esto.

Él me sonríe. —Créeme. No puedo esperar.

—Respuesta correcta— le digo mientras robo otro beso.

—Entonces, ¿me llevas a mi ultrasonido o necesito conducir yo misma?

Coloca su mano protectoramente sobre mi estómago.

—¿De verdad necesitas preguntar?

—Esto podría sentirse frío, —advierte el técnico de radiología mientras me mancha gel en el estómago.

Jadeo y respiro tanto aire que me queman los pulmones. El frío es un eufemismo. Se está congelando. Hudson toma mi mano y me da un apretón tranquilizador, cambiando su atención a la máquina de ultrasonido cuando la pantalla cobra vida. El técnico desliza la sonda sobre mi estómago y sonrío ante mi pequeño bulto de bebé. Echo un vistazo a la tecnología, luego me dirijo a la pantalla también, tratando de dar sentido a lo que estamos viendo, pero todo se mezcla en sí mismo. Miro al técnico para confirmar que todo está bien, pero ella frunce el ceño. Echo un vistazo a Hudson y luego a ella.

—¿Está todo bien?— Pregunto.

Mi corazón late tan fuerte que apenas puedo escuchar mi voz. ¿Cómo podía haber sido tan estúpida como para dejarme ilusionar? Ni siquiera debería haberle dicho a Hudson, no hasta que supiera que todo estaba bien.

—Lo siento, no quise preocuparte. Todo está bien, —me asegura. —Simplemente no esperaba dos bebés.

—¿Dos?— Yo susurro.

Ella parpadea y me mira, luego Hudson.

—¿No sabías que esperabas gemelos?

—Apenas habíamos logrado manejar uno. —Él se maravilla.

—¿Gemelos?— Estoy tan feliz que ni siquiera puedo pensar con claridad.

Me acuesto allí, haciendo mi mejor esfuerzo para ser paciente mientras ella termina el ultrasonido, luego me visto. Hudson me está esperando fuera del vestuario. Él sonríe y me rodea con sus brazos, inclinando mis labios hacia los suyos.

—Gemelos, ¿eh?— Me sonríe.

—Gemelos— contesto. —Veamos cuántas veces más podemos decirlo antes de que caigamos en la realidad.

Justo esta mañana, estaba pensando en lo bien que nos iban las cosas. Las cosas finalmente comenzaban a encajar. El negocio de Hudson está comenzando a recuperarse, y habíamos comenzado a aceptar que necesitaríamos explorar otras vías si queríamos tener una familia.

La vida estuvo bien.

Y se puso mucho mejor.

∼

Siete meses *después*

Hudson

—Venga. Dime ya, —se queja Holly. —¿Niños? ¿Niñas? ¿Ambos?

Me río y sacudo la cabeza hacia ella. —No. Ahora sal de la cocina, —ordeno.

Me fulmina con la mirada cuando la llevo lejos de la habitación, mirando con nostalgia por encima del hombro a los dos pasteles esmerilados perfectamente blancos que se encuentran en el mostrador. En el interior revelan el sexo de los gemelos, algo que Holly ha estado tratando de descubrir durante meses.

—Si quieres ser útil, necesitamos refrescos.

Le tiro mis llaves. Ella se queja en protesta, pero desaparece por la puerta.

V tiene poco más de ocho meses de embarazo. Probablemente sea tarde para tener un baby shower, pero quería estar segura de que todo estaba bien antes de celebrar cualquier cosa. Todo el tiempo ha estado caminando sobre cáscaras de huevo, como si estuviera esperando que las cosas salieran mal. Le sigo diciendo que se relaje y lo disfrute, pero a decir verdad, estoy tan paranoico como ella.

Gemelos. Santo cielo. Voy a ser papá dos veces. Es increíble.

Estoy tan emocionado que apenas puedo contenerme. El miedo también está ahí, como cómo vamos a lidiar con el cuidado de dos bebés, pero sé que estaremos bien.

Al menos no tenemos que preocuparnos por el dinero ahora.

Después de la confusión en la clínica, volvimos allí para obtener respuestas. Una de las enfermeras entró en pánico y confesó que Amanda le había pagado para cambiar los resultados del escaneo. Fue despedida y su caso se escuchó ante la junta disciplinaria, donde fue despojada de su licencia de enfermería. No compensó lo que V y yo pasamos, pero fue algo. Escuchar que Amanda había sido sentenciada a servicio comunitario también se sintió bastante bien.

Cuando V le contó a su abuela lo que sucedió, ella estaba furiosa. Se enfrentó a Amanda, quien confesó todo y se retiró de la carrera por la herencia. Eso dejó a V y a mí como ganadores.

Pero no se trataba del dinero. Casi perder a V me hizo darme cuenta de que todo el dinero del mundo no comprará la felicidad. Eso tiene que venir de adentro. La forma en que me sentí cuando casi perdí a V es algo que nunca quiero volver a experimentar. Saber que Amanda hizo eso intencionalmente para poder ganar me enoja muchísimo. Convencí a V de que la perdonara y siguiera adelante, porque retener la ira no era saludable para su embarazo.

—¿Qué estás haciendo escondido aquí?

Miro hacia arriba y le sonrío a V mientras ella vaga por la cocina con una sonrisa burlona en su rostro.

—Nada, solo estoy cuidando los pasteles de mi hermana — Me río entre dientes. —Hablando de eso, ¿estás segura de que no le echaste un vistazo al estudio cuando la llevaste a la panadería?

Ella jadea. —¿Me estás acusando de lo que creo?

—Bueno, no estabas demasiado interesada en no descubrirlo— le recuerdo.

—Solo porque quiero saber si debería comprar rosa o azul— Ella hace una pausa. —O ambos. —Se frota la barriga cariñosamente. —Como me siento, no me sorprendería si hubiera otro escondido allí.

Le doy un abrazo y la beso en la frente. Ella me sonríe, pero luego su sonrisa vacila al hacer una mueca, agarrándome del brazo.

—¿Todo bien?— Le frunzo el ceño. Ella se ve más cansada de lo habitual hoy.

—Si. Bueno, eso creo. Estoy teniendo gemelos, —responde ella, ignorando mi preocupación.

—¿Gemelos?— Repito. —No vas a entrar en trabajo de

parto, ¿verdad? —Me río con inquietud. Por mucho que no pueda esperar para conocer a estos pequeños, es demasiado temprano. Solo lleva ocho meses.

—Estoy segura de que no es nada, —murmura, dándome palmaditas en la espalda. Ella se acerca al mostrador y se apoya contra él, su cuerpo se tensa por el dolor.

—¿Nada?— Yo murmuro. —No lo creo. Vamos al hospital.

—Pero el pastel— protesta ella.

Me acerco y agarro el cuchillo y lo arrastro a través de cada pastel. El pastel rosado y azul se asoma a través del glaseado blanco. Me vuelvo hacia V, que me mira con los ojos muy abiertos.

—Listo. Uno de cada uno. Ahora vámonos.

—Pero la fiesta, —argumenta.

—No tiene sentido celebrar una fiesta si ustedes tres terminan en cuidados intensivos porque algo está mal. —Ya casi le estoy gritando. No quiero asustarla, pero necesito hacer algo.

Ella me frunce el ceño. —Bien. Vámonos.

Cargada con su bolsa de emergencia, la ayudo a subir al auto. En el camino al hospital, entre contracciones, le envía un mensaje de texto a Holly para que se encargue de cancelar la fiesta. El viaje de seis minutos al hospital parece que lleva horas. Sigo mirando hacia ella y veo esa expresión de dolor grabada en su rostro, y todo en lo que puedo pensar es en qué los pierdo a todos. Es irracional, lo sé, pero no puedo evitarlo.

—Aquí estamos, —murmuro, entrando en el estacionamiento.

Salgo y corro hacia su puerta. Una enfermera aparece con una silla de ruedas después de verme luchando por apoyarla. Ella se desliza hacia abajo en el asiento y le da una sonrisa de agradecimiento.

Después de empujarla adentro, me siento aliviada cuando nos conducen a una habitación de inmediato. Retrocedo y espero a que las enfermeras la revisen, tomando su mano, decidido a ser el mejor apoyo que pueda. No se me conoce por mi habilidad para manejar sangre, pero espero que el nacimiento de mis gemelos sea la excepción.

—Estás en trabajo de parto, Valentina— anuncia su médico. —Estás demasiado dilatada para que intentemos retrasar este embarazo. Tus bebés vendrán esta noche.

—Pero es demasiado temprano, —llora.

—Sus latidos son fuertes y tienen un buen tamaño. Sería peor en esta etapa para ellos quedarse dentro del útero.

Valentina me mira con terror en los ojos. Me inclino y la beso tiernamente en los labios.

—Estarán bien, —susurro, rezando para que tenga razón.

Ella asiente y luego se vuelve hacia el médico y a partir de ahí, todo sucede muy rápido.

Sigo diciéndome que vienen demasiado pronto, pero cuando ella comienza a empujar, lo siguiente que sé es que un pequeño grito llena el aire. Me río, las lágrimas corren por mis mejillas al ver a mi hijo. Cinco minutos después, nace mi hija.

Después de que los revisaran y vieran que todo estaba bien, la enfermera me entrega a la niña. Le sonrío, asombrado de cuánto amor tengo por esta pequeña. Miro a V, que me está mirando, con una sonrisa exhausta en su rostro. Apenas puede mantener los ojos abiertos, pero cuando la enfermera coloca a nuestro hijo en su pecho, sus ojos se iluminan como si hubiera encontrado una nueva dosis de energía. Me acerco y me siento a su lado, acunando cuidadosamente a nuestra pequeña niña con un brazo.

—Son hermosos— murmuro en el oído de V. —Y todavía no tenemos nombres.

Ella me da una sonrisa exhausta y luego mira a nuestros pequeños gemelos.

—Katerina y Vincent, —musita. La tristeza llena sus ojos. —El nombre de mi madre era Katerina. Vincent era mi abuelo. Pero no tenemos que usar esos nombres...

—No, creo que son perfectos— le aseguro.

Me meto la mano en el bolsillo. Casi me había olvidado del regalo que le había comprado. La idea era dárselo después del baby shower, pero supongo que ya se lo ha ganado.

V parece confundida cuando extiendo una pequeña caja.

—¿Qué es?— ella susurra.

—Por lo general, necesitas abrir un regalo para descubrirlo— bromeo, intentando ser tierno.

Debido a que tiene las manos llenas, la abro cuidadosamente, asegurándome de que tenga una vista privilegiada mientras levanto la tapa de la caja. Mi corazón se hincha cuando las lágrimas comienzan a rodar por sus mejillas. Esperaba haber hecho una buena elección.

—El anillo de mi madre—, susurra. —¿Como supiste?

—Una combinación de Holly y tu abuela, —confieso.

Ella se ríe, extendiendo su mano para que yo deslice el anillo en su dedo. Encaja perfectamente, como si estuviera hecho para ella. Supongo que lo estaba. Cuando su abuela mencionó el anillo ese día, pensé que era extraño que mintiera acerca de tomar medicamentos para la fertilidad, así que le pregunté a Holly cuál era el tema con Valentina y el anillo de su madre.

A partir de ahí, averiguamos que ella había seguido el consejo de Holly y empeñó algunas de sus joyas. Logramos encontrar una foto de ella usándolo y armado con eso, fui a buscar a través de las pocas casas de empeño en el distrito. Casi me había rendido cuando lo encontré. El dueño de la tienda me dijo que se lo había guardado porque se sentía mal por ella.

Me siento al borde de la cama, saboreando cada momento, mientras V entra y sale del sueño. Realmente me sorprende. Justo cuando pensaba que no podía amarla más de lo que ya lo hago, ella me da dos de los regalos más preciados del mundo.

Miro hacia arriba cuando se abre la puerta. Entra un hombre. Me da una sonrisa avergonzada. Al principio creo que está en la habitación equivocada, pero hay algo familiar sobre él.

Y luego lo entiendo.

Es el padre de Valentina. Me enderezo y me acerco a él. ¿Qué piensa él, que él puede regresar a su vida como si nada hubiera pasado?

—¿Valentina?— pregunta, señalando hacia su cama.

—¿Quién quiere saber?— Le doy mi mirada más amenazante.

—Soy su padre.

—¿Te llamas padre?— Me reí, manteniendo la voz baja para no despertarla. —La abandonaste. Le robaste y traicionaste su confianza. Ella no me ha dado un recuerdo feliz que te involucre, así que, ¿qué te hace pensar que quiere tener algo que ver contigo?

—¿Hudson?

Me giro bruscamente, sorprendido al encontrar a Valentina encaramada en el extremo de la cama, su cabello es una masa salvaje de rizos. Sus largas piernas cuelgan mientras me mira, luego su mirada se dirige hacia él. Su padre. La confusión nubla sus ojos, seguido de ira.

—¿Qué estás haciendo aquí?— pregunta, su voz tranquila.

—Vine a ver cómo estás. —Su voz es tensa, como si estuviera luchando contra la emoción.

—¿Cómo estoy?— repite. Su mirada se enciende. —¿Esperas que crea que te importa?

—Por supuesto que sí. —Él suspira y arrastra los pies hacia ella, con las manos enterradas profundamente en los bolsillos. —Sé que lo que pasó se ve mal.

—¿Se ves mal? —Ella interrumpe. —Lo que se ve peor es todo lo que sucedió después. Llegas unos doce meses, demasiado tarde para pedir disculpas. ¿Cómo saliste de todos modos?

—Mi apelación fue exitosa, —murmura. —Un buen abogado hace toda la diferencia. —Sus ojos caen sobre la cuna alineada al lado de la cama. —¿Puedo verlos?

—¿Cómo sabías que estaba embarazada?— Valentina pregunta, su curiosidad sacando lo mejor de ella.

—Tal vez no haya querido involucrarte en mis problemas, pero eso no significa que no me importara lo que te estaba pasando. Seguí todo lo que hiciste.

Realmente no respondió a su pregunta de cómo lo sabía, pero puedo decir que Valentina está dudando. Le tiembla el labio mientras lo mira mirar dentro de la cuna.

—Se parecen a ti.

—Gracias. —Valentina acepta el cumplido y luego cruza los brazos rígidamente sobre su cuerpo. Sus ojos no dejan a su padre. —¿Por qué estás aquí?

Se sienta en la silla al lado de la cama e inclina la cabeza. Algo le pesa en la cabeza, pero me sorprendería si tuviera algo que ver con el remordimiento por cómo trataba a su propia hija.

—Lo siento, Valentina. Nunca quise que terminaras herida.

Vaya. Son palabras que no esperaba escuchar, y por la expresión atónita que V está usando, ella tampoco. Su padre me mira.

—¿Puedo pasar un momento a solas con mi hija?

Abro la boca para rechazar, pero luego veo la forma en que Valentina me está mirando. Casi suplicante. Asiento, respondiendo a ella, no a él.

—Estaré afuera si me necesitas— le digo, mirándola profundamente a los ojos.

Salgo de la habitación y camino por el pasillo durante unos minutos, luego me aventuro la corta distancia a la máquina expendedora para tomar una copa. Por supuesto que me roba el dinero. Supongo que es ese tipo de día. Después de arrojarle algún insulto, camino de regreso a su habitación y me siento afuera. Pasa más tiempo y todavía están allí. Estoy frustrado de que todavía no lo haya echado, pero también aliviado de que parecen estar funcionando. Sé que lo ha extrañado, pero también sé cuánto la lastimó, así que será mejor que planee compensar eso.

—¿Hudson?

Sorprendido, miro hacia arriba y encuentro a Holly frunciéndome el ceño. Me esfuerzo por ponerme de pie y poner mirada serie. Ella está agarrando dos ositos de peluche gigantes, uno rosa y otro azul.

—Sí, lo sé, se veían mucho más pequeños cuando los ordené. —Se anticipa antes de que incluso tenga la oportunidad de preguntar.

—En diez años, los gemelos podrán sostenerlos— bromeo.

Ella me da una mirada sucia, lanzándome el rosa. Lo atrapo y me río. Al menos es agradable y suave.

—Entonces, ¿por qué estás aquí?— pregunta. —¿Ya estás en problemas?

—No yo...

Me detengo cuando se abre la puerta. Los ojos de Holly se abren, su boca se abre en estado de shock cuando el padre de V se va.

—Te veré por aquí, Hudson— Él saca la mano. Lo sacudí a regañadientes y luego lo vi alejarse.

—¿Que quería el?— Holly sisea.

—Entremos y descubrámoslo— murmuro.

—No, vete... Olvidé algo—.

Ella sale corriendo antes de que pueda detenerla. Sé que me está dando tiempo para hablar solo con V, y lo aprecio. Me arrastro dentro y cierro la puerta, todavía sosteniendo el peluche gigante en mi mano.

—Holly— explico cuando V lo mira. —Hay otro.

—Por supuesto que sí— Ella se ríe. —¿No podría encontrar alguno que fuera más grande?

Me subo a la cama junto a ella y la abrazo. Los bebés se agitan en su cuna, pero se acomodan al encontrarme.

—Mira, están tomados de la mano— expresa, con una ternura casi insoportable para ella.

—Es como si ya hubieran aprendido a sostener a mami alrededor de sus pequeños dedos, — bromeo, burlándome de ella. Planto un beso en sus labios para evitar que se defienda, antes de cambiar de tema con tacto. —Entonces, ¿tú y tu padre aclararon las cosas?— Pregunto casualmente.

—¿Por qué eso te haría tan feliz?

Me encojo de hombros —Que seas feliz es lo que me hará feliz— le digo. —Si eso significa tener a tu padre en nuestras vidas, entonces así será. ¿Es eso lo que quieres?

—No lo sé— se limita a decir. El conflicto llena sus ojos.
—Le dije que necesitaba tiempo. El me hizo daño. Odio que piense que puede regresar a mi vida después de negarse a verme durante el último año.

—Tómalo un día a la vez—, sugiero. —No es que no tengamos las manos ocupadas cuidando a estos dos.

Es como si me pudieran escuchar, porque uno comienza a llorar y luego el otro lo sigue. Levanto a Vincent y lo coloco cuidadosamente en los brazos de Valentina, luego levanto a Katerina, tranquilizándola suavemente con un balanceo hacia adelante y hacia atrás. Me siento al lado de V. Ella sonríe, luciendo exhausta mientras descansa su cabeza sobre mi hombro.

—Duerme un poco, —le digo.

—Tengo miedo de ir a dormir y que me pierda algo.

—¿Qué, como un pañal sucio?— Me burlo de ella.

Ella me empuja. —Sabes a lo que me refiero. No puedo superar lo afortunados que somos. Las cosas siguen cambiando tan rápido ... ¿y si me los roban?

—No pasará, porque nunca dejaría que eso sucediera— le prometo, con la voz llena de emoción. —Somos una familia ahora. Nosotros cuatro. Haré todo lo que pueda para mantenerlo así.

Ella se acurruca contra mí. Juro que puedo sentirla relajarse. Es como si todo lo que necesitara fuera mi tranquilidad, porque lo siguiente que sé es que está roncando, con los brazos todavía apretados alrededor del bebé. Katerina se tranquiliza y aprovecho para ponerla de nuevo en la cuna, luego levanté cuidadosamente a Vincent de las manos de V. Ella se agita, pero solo por un minuto cuando lo coloco con Katerina. Luego me subo a la cama y rodeo a mi esposa con el brazo.

La veo dormir, asombrado por el amor que siento por

ella y los gemelos. Lo dije en serio cuando dije que haría lo que tuviera que hacer para protegerlos. Ellos son mi mundo ahora.

No podría imaginar la vida sin ellos.

FIN

GRACIAS

Muchas gracias por leer La Herencia del Bebé. Esperamos que hayas disfrutado la historia de amor de Valentina y Hudson. Si lo hiciste, creemos que también querrás leer los otros libros de la serie Amor Heredado por ejemplo Herencia Real.

OTRAS OBRAS DE MCKENNA JAMES

ROMANCES REALES

Realmente Escolarizado

Academia Real

El bebé del príncipe

Su Médico real

Vacaciones Reales

LA SERIE DE AMOR HEREDADO

La Herencia del bebé

<u>Herencia Real</u>

Reversión de herencia

Herencia Afortunada

Herencia Olvidada

SOBRE MCKENNA JAMES

Mckenna James es el seudónimo de un dúo colaborativo de escritores que comparten una adicción al té dulce y un amor por los hombres ricos y atractivos.

Como no conocen suficientes hombres devastadores y guapos con montones de dinero en efectivo, decidieron crear algunos. Se especializan en cuentos de hadas para el mundo de hoy, con príncipes y heroínas modernos que dicen lo que piensan y se divierten felizmente en sus propios términos.

Made in United States
Orlando, FL
11 November 2022

24415873R00152